U0129729

杂花生树

叶兆言 著

译林出版社

图书在版编目（CIP）数据

杂花生树 / 叶兆言著 . —南京：译林出版社，
2024.1
（叶兆言作品系列）
ISBN 978-7-5447-9235-6

Ⅰ.①杂…　Ⅱ.①叶…　Ⅲ.①散文集 – 中国 – 当代
Ⅳ.①I267

中国国家版本馆 CIP 数据核字（2023）第 242439 号

杂花生树　叶兆言 / 著

责任编辑	刘帆帆　焦亚坤
装帧设计	胡　苊
校　　对	戴小娥
责任印制	闻媛媛

出版发行	译林出版社
地　　址	南京市湖南路 1 号 A 楼
邮　　箱	yilin@yilin.com
网　　址	www.yilin.com
市场热线	025-86633278
排　　版	南京展望文化发展有限公司
印　　刷	江苏凤凰新华印务集团有限公司
开　　本	850毫米 ×1168毫米　1/32
印　　张	9
插　　页	2
版　　次	2024 年 1 月第 1 版
印　　次	2024 年 1 月第 1 次印刷
书　　号	ISBN 978-7-5447-9235-6
定　　价	58.00 元

自序

　　父亲在时，喜欢饭桌上谈书，他一生坎坷，很长时间除了阅读，没别的事能做。读书产生想法，无人诉说，逮住儿子胡乱议论。多年父子成兄弟，我一天天长大，听众成为对手，常为书中某章节争辩。奇文共赏，疑义相析，有时吵得面红耳赤。父亲去世，我感到一种寂寞，看到好书，忍不住感叹，父亲若在，免不了又要争几句。

　　夏天迁入新居，花功夫整理藏书。这是个力气活，挥汗如雨，蓬头垢面，累得差不多要犯心脏病。那些熟悉的图书表面，落满时间灰尘，我从未想过会成为父亲藏书的受惠者，多少年来贪得无厌，书一本接一本看，一本接一本买，囫囵吞枣，不求甚解。

　　灰尘可以抹去，时光却不能倒流。这本书中的内容，发表在二十年前的两个刊物上，它们是《收获》和《作家》。曾经两次结集出版，一次人民文学出版社，一次上海书店出版社，《杂花生树》是这类文字中的第一部。新版内容略做调整，我读书很杂，感想太多，此类文章断断续续写了不少，读者也许早已不耐烦。

知其所好，可以知其人焉，我是一个没有自信的人，没有编辑朋友的督促和鼓励，就没有这本书，就没有以后一系列文章，借此机会，表示深深谢意。

二〇一八年十二月十五日　下关三汊河

目 录

周氏兄弟

一

七十年代末，或者八十年代初，周家的第三代来找过我祖父。一男一女，是周作人的什么人，我一直没弄清楚，可能是孙子和孙媳妇，也可能是孙子与孙女儿。我当时正在读大学，是假期里，他们来了，指名要见祖父，我也懒得细问，把他们送到祖父房里完事。客人走了，才知道他们是周作人的后人，而目的是希望祖父帮忙。帮什么忙，已记不清，好像是为了八道湾的房子。吃饭桌上，祖父和伯父一边喝酒，一边商量这事，我自己的事太多，也没认真听他们说什么。只记得祖父心情有些沉重，因为他吃不准这样的事情，是否应该让周建人知道，周建人知道了又会怎么样。

周建人是祖父的好朋友，当时还健在，他们之间的友谊很漫长，好像在商务印书馆共事的时候就开始了。祖父后来参加民进，最重要的原因，也是老友周建人的劝说，在这之前，祖父一直无党无派，所谓民主人士。不止一个人问过这样的话题，那就是祖父和鲁迅关系究竟怎么样。小时候，我也这么问过祖父。后来书读多了，才觉得这问题可笑。周氏兄弟中，鲁迅要比祖父大许多，周作人也是，即使最小的周建人，也要大好几岁。熟读鲁迅文章的人，一定会记得收在《野草》中的那篇《风筝》，年长的哥哥欺负弱小的弟弟，以后又忏悔，故事叙述得很动人，文章中那个弱小弟弟的年龄与祖父相比，又成了不折不扣的老大哥，因此，以祖父的为人，绝不会僭越说自己和鲁迅如何如何，他绝不会闹出"我的朋友胡适之"这类笑话。祖父的好友俞平伯是周作人的得意弟子，鲁迅和周作人显而易见应该算前辈，是属于师长一辈的人物。

祖父感到心情沉重，是周作人的后人，为什么舍近求远，不去找周建人。这种事，以旁人的眼光看，论家属关系，周建人是叔公，论社会地位，周建人当时是人大副委员长，怎么说都是找他更合适，此时的周建人就在北京居住。清官难断家务事，很多事情说不清楚，祖父是一个极重亲情的人，他自己没有兄弟，因此很羡慕别人的兄弟怡怡。周氏兄弟的失和，差不多是一个众所周知的事实，而兄弟之间的关系紧张，尤以鲁迅和周作人之间，最为极端。在现代文学史上，鲁迅和周作人兄弟俩作为不可替代的两座高峰，曾让无数的文学青年仰慕，他们的反目，老死不相往来，这种紧张关系不仅在生前，死后也影响到了各自的后代，鲁迅和周作人的后代之间，一直没有来往。鲁迅的孙子周令飞曾写文章披露，说周作人逝世以后，给周海婴寄去了讣闻，海婴考虑再三，没有参加追悼。

二

周作人在妻子死后半年多，写下了这么一段话：

> 余与信子结婚五十余年，素无反目事。晚年卧病，心情不佳。以余弟兄皆多妻，遂多猜疑，以为甲戌东游时有外遇，冷嘲热骂几如狂易，日记中所记即指此也。及今思之皆成过去，特加说明并志感慨云尔。

读周作人的晚年日记，可以发现许多夫妻不和睦的蛛丝马迹。周作人老婆是日本人，在中国人的传说中，日本老婆以贤惠

闻名，但是信子却给晚年的丈夫，带去了连绵不断的烦恼。周氏
三兄弟中，除了鲁迅早逝，周作人周建人都长寿，周作人死于
"文化大革命"，若没有这场风暴，他很可能继续活一段时候。晚
年的周作人，除了饱受政治运动的惊吓，老夫妻之间的吵架也是
常事，当然主要是信子的胡搅蛮缠，所谓冷嘲热骂，最过分的便
是大打出手，斯文扫地。这种无休止的纠缠，既多而且凶猛，难
怪他要发出"苦甚矣，殆非死莫得救拔乎"的感叹，甚至生出
"临老打架，俾死后免得想念，大是好事"的歹毒念头。周作人
行文一向以平淡著称，在日记中，这类记录虽然仍有节制，有时
也接近呼天抢地，恶意图穷匕见。他显然意识到自己的日记，有
一天会变成读物，一日夫妻百日恩，夫妻间的事情，别人永远闹
不清楚，因此专门写下一段文字，留作日后为信子辩护的依据。

　　这段文字的要害，于信子是撇清了，却牵扯到了周作人年
长四岁的哥哥鲁迅和年幼四岁的周建人。周建人的前妻是信子的
妹妹芳子，换句话说，信子既是周建人的嫂子，又曾是他的大姨
子。夫妻性格不合，中途分手本是很正常的事情，信子站在妹妹
一边，反对周建人也在情理之中。芳子和周建人分居以后，一直
和周作人夫妇生活在一起。这姐妹俩谈到已在外面又和别人结婚
的周建人，自然不会有什么好话。

　　至于鲁迅，大家都知道有个朱安夫人，鲁迅和许广平同居之后，朱夫人和鲁迅的母亲鲁瑞老人，一直留在北京。抗战初期，周作人不肯南下做义民，后来又落水做了汉奸，其中有一条很无聊的借口，是有老母和寡嫂要抚养。这借口很难站住脚，又确实能蒙住一些人。其实自从鲁迅逝世，母亲改由周作人抚养，可以说天经地义，本来养老应该是所有儿子的共同义务。鲁瑞和朱夫人并不住在八道湾，八道湾的房子虽然是以鲁迅的名义登记，自鲁迅搬出以后，这里就成了周作人的天下。此外，查一下日期也就明白了，鲁迅是一九三六年死的，在这之前，母亲的费用一向都由他这个做老大的独自负担，死后，经济上做了安排，北新书局每月拿出三百元来，二百元给上海的许广平和海婴，一百元给北京的鲁瑞和朱夫人。抗战爆发，南北交通阻隔，接济时时中断，周作人才从一九三八年的一月开始，每月给母亲五十元，区区五十元对大名鼎鼎的知堂老人，又算什么。

　　一九三九年一月，周作人收下了北大任命他为图书馆馆长的聘书。此时的北大已是伪北大，这一步迈出去，犹如尝了禁果，荡妇初次接触男人，想回头也难。接下来，一发不可收，官越做越大，水越陷越深，一九四二年鲁瑞老人去世，周作人大办丧事，共用去一万四千多元。当时的钱急剧贬值，即使贬，这钱也太多了。如此隆重的葬礼，与其说体现了周作人的孝心，还不如说显示了他当时的得意。周作人写了一辈子好文章，此时却栽在了官迷心窍上，以周作人的学识，他如何不知道一个文化人下水的后果，但是仕途这剂春药，对知识分子的诱惑实在太大，一旦沾上，和吸毒也没什么太大的区别。不妨想想他当时是如何阔绰和威风，那个平淡出世的知堂老人，突然形象全变了，穿狐皮衣裘，三天两头上馆子，小孩过生日，光犒赏佣人就两桌，家里奴仆最多时，竟然有二十三个人之多。

　　周作人做汉奸时表现出来的官场得意，是很多热爱苦雨斋文字的人不堪回首的一个噩梦，你无法想象自己倾心的一个作家，竟然会做出如此不明智的选择。记得有人专门做过这样的文章，把周作人下水当"督办"，说成是中共地下党的安排，由此证明周作人差不多是准"特工人员"。这种为周作人极力辩护的用心，也许是好的，可惜有些离谱，改变不了历史原有的记录。我曾见过日本友人清水先生的文章，说在这特定时期的一次聚会上，曾见到过已做了大官的周作人，说他穿着缎子袍褂，像过节一样，神采奕奕地坐在前排。沐猴而冠，对知堂老人来说，是最残酷的讽刺。这样的聚会，自然是当时的日方安排的，周作人倒是敢作敢当，实事求是地说过自己为什么要下水：

关于督办事，既非胁迫，亦非自动，当然是由日方发动，经过考虑就答应了。因为相信自己比较可靠，对于教育，可以比别个人出来，少一点反动的行为也。

比别人少一点反动，这大约也是事实，欣然从命，更是事实。为了短暂的荣华富贵，既留下一世骂名，还实打实地坐了牢，真不值得。在本世纪，知识分子坐牢常可以成为一种革命资本，然而周作人似乎活该，想翻案也翻不了。做汉奸好比淫妇偷人，小偷偷东西，无论什么充足的理由，别人都不会同情。用"小事聪明，大事糊涂"来形容周作人，也许最恰当不过，在是否下水这件大事上，他糊涂了，在记日记这种小事上，又太清醒。周作人只用了轻描淡写的一句"以余弟兄皆多妻"，不仅为妻子信子做了辩护，而且把所有过错轻轻一推，都推到了自己弟兄的"多妻"上面。周作人相信日后愿意读他日记的人，都是些熟悉周家家事的读者，这里面的微言大义，不说自明。

三

周作人对自己弟兄的"多妻"，是一肚子意见。六十年代，周作人在给友人的信中，故作平淡地说：

> 实在我没有什么得罪他的事情，只因为内人好直言，
> 而且帮助朱安夫人，有些话是做第二夫人的人所不爱听的，
> 女人们的记仇也特别长久，所以得机会来发泄是无怪的。

这里的"他"，是指许广平。如果不了解周家的家事，周作人的这番话，很容易让人轻信。以许广平的身份，和周家的关系搞不好，本来是人之常情，但是真如周作人所说"没有什么得罪"，显然不是事实。事实上，在家事这种小事上面，他玩了不少小聪明，有失厚道。

新版三卷本的《许广平文集》，收有一九三八年和一九四四年她写给周作人的两封信。就信中的语气看，大家还没撕破脸，许广平仍然保持着尊敬。我觉得遗憾的，是没有把写于一九三六年十二月的一封信，一并收入文集。写这封信时，鲁迅刚刚过世，许广平在信中对周作人充满敬意：

> 生离了北京，许多北平昔日崇敬的师长都难得亲承
> 教训。有的先生，有时从发表文章上，一样的好似得着

当面的教益，即如先生，就是这样时常给生教益的一位。

不能说许广平这封信是虚伪的一套。鲁迅和周作人兄弟失和，和许广平没有任何关系，是认识她以前的事情。从年龄看，许广平要比周作人小许多，虽然名义上也是嫂子。许广平和鲁迅是师生恋，而周作人，也是她不折不扣的老师。尽管社会已经承认许广平的地位，在周氏家族的人眼里，她只是一个和鲁迅同居的如夫人。许广平年龄不大，鲁迅先生的遗孤海婴更小，孤儿寡母，前面还有许多路要走，没有下水前的周作人和鲁迅一样，身上具有那种领袖人物的魅力，这时候，就算是许广平有意向周作人讨好，也没任何错误。

这封信还有另一层意思，是希望已经失和的兄弟，由于鲁迅的逝世，化解一切恩怨。从当时的一些原始材料来看，这是很多知情人的共同心愿。周建人给周作人写信，也拼命为鲁迅说话，他告诉二哥，大哥在生命最后的日子中，还在看周作人的著作，并且不止一次谈到他。周作人对鲁迅的死，反应并不强烈，在对记者谈起鲁迅时，很理智，也很客观，完全像一个局外人。他说自己对鲁迅在上海的情况不太清楚，平常没有事很少通信，前些天收到过一封信，说身体已经好了，没想到今天又接到周建人的电报，说鲁迅已经逝世。

周建人在回忆录中，谈起两位哥哥的失和，曾说过自己一无所知。他从来没问，鲁迅也从来不说。许广平也说不清楚，既然连自己的亲弟弟和妻子都不愿意谈起，鲁迅当然也就不会对别的人说了。当事人的沉默，临了便害得别人胡乱猜疑。当时很多人并不知道周氏兄弟已经形同陌路，有一个人曾写信给周作人，言辞十二分的恳切。

> 岂明先生，可敬的文坛导师：
>
> 我与先生虽然没见过面，但在先生及鲁迅的著作中，得到很多的生命，我是二位先生的虔心崇拜者。现在想求先生一件事情，可是又觉得有点唐突。
>
> 我想以鲁迅先生的《阿Q正传》改编电影剧本，自然须征求著者同意而后着手，但连问多人，都不知道鲁迅先生的住址，您能代他答应我么？或您肯替我转求一下么？

写这封信的时候，是一九三〇年，周氏兄弟失和已经七年多。显然，很多人对他们的闹翻一无所知。许广平那封信是个很好的求和信号，鲁迅先生已经过世，无论整理鲁迅的遗稿，还是研究过去的生活经历，周作人都是当仁不让的权威。很多事情的来龙去脉，事实上只有周作人一个人知道，他不说，大家永远不会了解，他不说，就成了千古之谜。

四

说起周氏兄弟之间的情谊，周建人怕是会对大哥二哥饱含妒意。鲁迅和周作人青年时期的同学经历，曾经那样让世人羡慕。《颜氏家训·兄弟》上说："食则同案，衣则传服，学则连业，游则共方。"周建人似乎太小了，他没有这样的机会和两位哥哥一样到南京读书，一起去日本东京留学，一起参与五四新文化运动，一起写文章，搞翻译，金戈铁马冲锋陷阵，你帮我写，我帮你改，用同一个笔名，交同一批朋友。周氏兄弟中的大哥二哥，在新文化运动中的杰出贡献，有目共睹。他们是两座高峰，是两大门派的掌门人，影响了不止一代弟子。

或许早年丧父的缘故，作为长子的鲁迅，很早就担当起家庭责任。一九〇〇年的《别诸弟三首》第一首是这么写的：

谋生无奈日奔驰，

有弟偏教各别离。

最是令人凄绝处，

孤檠长夜雨来时。

鲁迅本来有三个弟弟，二弟作人三弟建人之外，还有一个四弟椿寿，可惜早夭，只活了六岁。父亲死时，鲁迅才十五岁，除了他稍稍懂些事，三个弟弟还都是小孩。根据周建人回忆，鲁迅在父亲活着的时候，因为是长子，在家中颇有些霸道。有一次，三弟兄把压岁钱凑在一起，合买了一本《海仙画谱》，周建人把这事告诉了父亲，鲁迅便骂他是"谗人"，说他"十分犯贱"。相比之下，二哥作人不像大哥那么尖刻，他性情和顺，不固执己见，很好相处。

父亲死了以后，面对人情的冷暖，鲁迅突然变得成熟了。周作人在南京读了五年书，这应该说是鲁迅一手安排。在后来的文章中，鲁迅对江南水师学堂没什么好印象，但是他还是让弟弟读这所学校，因为和别的学校相比，这所学堂毕竟能学到些新东西。周作人的学习生活，全由大哥一手策划，鲁迅自己在日本站住脚了，又让周作人去日本留学。没有鲁迅无微不至的关怀，周作人根本不可能有那么大的出息。周作人初到日本的时候，一句日本话不会说，一切敷衍都靠大哥，没有鲁迅，性格内向的他在日本寸步难行。周作人解放后写纪念文章，谈起鲁迅的《伤逝》，有个很奇怪的解释，他把故事中的男女之情，说成是鲁迅追悼兄弟之谊。周作人以故事中的女主角子君自喻，他觉得鲁迅所以会写《弟兄》和《伤逝》这两篇小说，反映了鲁迅对弟兄失和的自责。

《弟兄》这篇小说让人产生那种联想似乎很自然。小说中的沛君，由于一场小病的误会，担心弟弟一病不起，将整个家庭负担交给他，因此变得忧心忡忡。这是一篇心理小说，非常写实地表现了人的一种心理状态，在鲁迅的短篇小说中别具一格。周作人在《鲁迅与"弟兄"》一文中，以日记中自己生病记录，来加强人们会有的那种写实印象。《弟兄》中的沛君是个十足的伪君子，历来谈鲁迅小说的人，都习惯于绕开这篇小说，因为若承认纪实，有损鲁迅的光辉形象，若坚决否认，心里的疙瘩则解不开。

其实这就算是鲁迅的真实想法，又有什么大不了，鲁迅是人，不是神。阅读小说太当真，难免煞风景。关键还是看事实，谈起身为长兄的鲁迅对自己的照顾，周作人总掩饰不住一种得意之情。他似乎早就习惯了这种无微不至的关照，处处服从大哥的安排。周作人一直在步鲁迅的后尘，他跟着大哥的步伐，去南京，去东京，后来又到北京，学习如此，工作也如此。在弟兄失和之前，周氏兄弟差不多都是哥哥到哪，弟弟也跟到哪。一九一七年，周作人追随哥哥到了北京，弟兄俩住在绍兴会馆，周作人刚到京，就病了一场，高烧不退，先怀疑是猩红热，这病当时颇具危险性，后来确诊为麻疹，害得大家着实虚惊了一回，这也就是所谓《弟兄》的时代背景。在病中，由于会馆的一位听差极不称职，许多事只能是鲁迅亲自照料，周作人回忆当时的情景曾写道：

> 现在只举一例，会馆生活很是简单，病中连便器都没有，小便使用大玻璃瓶，大便则将骨牌凳放翻，洋铁簸箕上铺粗草纸，姑且代用，有好多天都由鲁迅亲自拿去，倒在院子东南角的茅厕去。这似乎是一件琐屑的事，但是我觉得值得记述，其余的事情不再多说也可以了。

此时的周作人，已经三十多岁，是做父亲的人，在鲁迅眼里，他永远是弟弟。在东京留学的时候，弟兄两个一起翻译，所译的文章都是鲁迅修正一遍，再为誊清。到北京后，这规矩依然没改，周作人去北京大学教书，第一次走上大学的讲坛，讲义临时现编，于是由他起草，然后交给鲁迅修改誊清。还有在《新青年》上署名周作人的翻译小说，也都是鲁迅修改一遍，才最终定稿。鲁迅总是很体贴他这位其实已不太小的弟弟，很乐意当无名英雄，说"你要去上课，晚上我给你抄了吧"。

五

看了《弟兄》这篇小说，真正感到自责的，应该是周作人自己。俗话说，亲兄弟，明算账，鲁迅生前，对周作人小家庭的照顾是一个抵赖不了的事实。周作人的小家庭是一大家，小孩多，负担重，妻子信子虽然出身日本平民之家，用钱之大手大脚，和贵族相比，有过之无不及，无论大病小病，都要请日本医生坐了汽车来医治。一个大家庭的负担，有一段时间，主要是落在鲁迅身上，对于当家人信子的没有计划，从小过惯了苦日子的鲁迅曾有过怨言，他用洋车往家里拿钱，怎么敌得过用汽车运走。

鲁迅过世以后，周作人的做法，确有让人心寒之处。按常理，不管是对待朱夫人，还是对待许广平和海婴，他都应该有照料的义务。朱夫人不识字，许广平太年轻，在给周作人的信中，许广平甚至很无奈地恳求过他暂为垫付朱夫人的生活费，并明言"至以前接济款项亦盼示知，俾将来陆续清偿"。这封信的缘由，是在京的朱夫人以生活费不够用，想卖掉鲁迅留在北京的藏书。时间是一九四四年，由于消息已经见报，远在上海的许广平十分被动和难堪，因为小报上的话，总不会太好听。

从法律义务而言，朱夫人的生活费用，当然和周作人无关。再说，当家的是能吵能闹的信子，周作人想管，也管不了，即使他此时阔得很，又同住北京近在咫尺。周作人的小聪明就在于，他觉得世人只会为此事怪罪许广平，这仅仅是大哥家的私事，与他这位老二丝毫不搭界。他忘了当年鲁迅拿了工资，一进门就直接跑进里院交给二太太，这些钱养活了他的一家，或者说，正是因为有了这钱，周家才能过上那种所谓上等人的生活。

周作人对鲁迅似乎从来没有表示过什么歉意。从表面看，他不像鲁迅那么尖刻，那么得理不饶人，和被称为战士的鲁迅相比，周作人更像位绅士，像出世的隐士。据说鲁迅最后一次对外人谈起周作人，曾把他列名于中国最优秀杂文家的第一位。由于这话是对斯诺夫人说的，而谈话稿整理出来，已经是八十年代的事情，周作人也许并不知道此事。但是，周作人的确知道鲁迅直到病危，还在看他的作品。周作人三十年代写的《五十自寿诗》，遭到了文坛进步青年的一致攻击，有的话说得非常愤恨，一度成为当时的一个"事件"，鲁迅在私下却为他辩护，说他"诚有讽世之心"。到五十年代出新版的《鲁迅全集》，周作人才知道鲁迅在私人信件里，有过这样的谈话，这段话可以给处境不太好的他当保护伞用，因为鲁迅此时已经成为新文化运动的旗手：

> 对于我那不成东西的两首外诗，他却能公平的予以独自的判断，特别是在我们"失和"十年之后，批评态度还是一贯的……

在这里，周作人也只是感激，并无歉意。周作人不愧是写文章的高手，他善于用鲁迅说过的话来粉饰自己。鲁迅刚逝世的时候，周作人接受记者采访，仿佛宣布专利一样，说：

> 我想关于这方面，在这时候来说几句话，似乎可以不成问题，而且未必是无意义的事，因为鲁迅的学问与艺术的来源有些都非外人所能知，今本人已没，舍弟那时年幼亦未闻知，我所知道已成为海内孤本，深信值得录存，事虽细微而不虚诞，世之识者当有取焉。

周作人在一开始就卖了个大关子。兄弟失和的事实，使他不可能站出来大谈鲁迅怎么怎么。他此时的地位也完全用不着靠谈鲁迅来换钱，作为京派的领军人物，他表现得十分有节制，搭足了架子，尽量客观。他知道，此时如果攻击鲁迅，必将引来众怒，但是对把鲁迅引以为神的做法又感到深深的不满。他觉得一个人的平淡无奇，本是传奇中的最好资料，关键是把鲁迅"当作一个人去看待，不是当作'神'——即是偶像或傀儡"。解放后，出版《鲁迅的青年时代》，在附录过去的旧文章时，周作人做了手脚，将这段话中的"神"悄悄改成"超人"，并删去"偶像或傀儡"，因为他知道这些字眼有点犯忌，已经执政的共产党不会喜欢。

对鲁迅的态度，周作人有酸腐的一面。他反对别人利用鲁迅，可事实上，充分利用鲁迅的，恰恰是他自己。关于鲁迅，他有着太多巨大潜力的原始股，只等关键时刻抛出去。因为"下水"，他被国民政府判刑十年，一九四九年一月保释提前出狱，紧接着是共产党取得天下。共产党统治下，周作人既小心翼翼，又蠢蠢欲动，甚至斗胆给毛泽东写了一封信。鲁迅逝世之后，周作人只写过两篇稿子谈鲁迅，然后就此封笔，谢绝一切这方面的文字。解放了，周作人于困窘之中，写了一大堆关于鲁迅的文章，这与他当年所说的"我觉得多写有点近乎投机学时髦""赞扬涂饰之词，系世俗通套，弟意以家庭立场，措辞殊苦不称"，正好形成残酷的对照。

周作人身上，中国知识分子的毛病，暴露无遗。他总是在哭穷，在五十年代，每月有好几百元的收入，仍然要到处借钱。穷成了他什么稿子都写的最好借口，以周作人的学识，历经磨难，本来可以写出更好更能传世的文章来，但是他注定成不了真正的隐士，成不了托尔斯泰和陀思妥耶夫斯基，也成不了写《红楼梦》的曹雪芹。一方面，他没完没了写着关于鲁迅的文章挣钱，另一方面，他又最大限度保持着自己的人格独立。坦白地说，周作人的这些文章，虽然有一些时代的烙印，却不能不说是好文章。周作人毕竟是周作人，鲁迅内举不避亲，说他的杂文在中国作家中最出色，这话没什么大错。周作人对鲁迅没有歉意，却有感激，他似乎也知道自己的文章写得好，曾经很无奈地感叹，说"昔日鲁迅在时最能知此意，今不知尚有何人耳"，他觉得自己写了那么多的回忆文章，也算对得起鲁迅了。

六

最后要说的，是鲁迅和周作人兄弟究竟为什么"失和"。这是一个永远的悬案，并不值得深究，喜爱周氏兄弟文章的人，大都避免这一尴尬的话题。然而总是会有许多奇奇怪怪的文章冒出来，譬如说鲁迅为了扼制性欲，在冬天故意不穿棉裤，说信子曾是鲁迅和周作人的共同情人，说鲁迅对信子曾经有过非礼。自弗洛伊德的学说流行以后，有些人做文章，离不开一个"性"字，仿佛"文化大革命"中，离不开阶级斗争一样。

民间常有公公"爬灰"这一说，这实在是中国小市民津津乐道的话题。这话题给人带来口头的快感，而对于基本的事实，已经变得根本不重要。媳妇年轻，男人喜欢年轻的女人，因为喜欢，所以就会乱伦。人们在谈天的时候，通常只需要一点点简单的逻辑推理就足够，周氏兄弟既然那么怡怡，一旦失和，老死不相往来，总得有些事才行。当事者自己不说，别人便有权乱猜，乱猜之后便是瞎说，瞎说了，以讹传讹。

周作人的妻子信子是兄弟失和的导火索，不容置疑。与周氏兄弟关系密切的川岛曾过，信子造谣说鲁迅调戏过她，还说鲁迅曾在他们的卧室下听窗。川岛认为这是绝对不可能的事情，他显然赞成与周氏兄弟同样关系密切的许寿裳的说法，即信子"有歇斯底里性的"。川岛认为鲁迅不可能下作到去听窗，因为在周作人夫妇的窗前，种满了鲜花。

对这种事情做出考证是非常无聊的事情。看一看八道湾十一号的平面图便可以知道，鲁迅和周作人两家，是住在不同的院子里，虽然住同一个大院，两家各有相对的独立性。"莫须有"三个字，自古害人不浅。我不知道有些文章的论点是怎么来的，说鲁迅不穿棉裤，说鲁迅过着"古寺僧人的生活"，其结论无非是禁欲。鲁迅或许说过没有爱情的夫妇生活是不道德的话，但是，不能因为鲁迅和朱夫人分两间房子睡觉，他们之间没有生小孩，就因此得出鲁迅和朱夫人之间没有夫妻生活，或直截了当地说没有性生活。

鲁迅单独住一个房间，显然是由他的工作习惯造成的，像这种分房而睡的夫妻多得很。孙瑛所写的《鲁迅故迹寻访记事》，画出了鲁迅在北京时的家居图，根据图中的位置，不难看出，所谓分居，站不住脚，在砖塔胡同六十一号暂住时，鲁迅的写字桌就放在朱氏的卧室里，有时候工作太晚了，怕影响朱氏休息，便移案到客堂的吃饭桌上去。许羡苏先生和周家关系非常密切，她是许钦文的妹妹，鲁迅先生周围的人，一度曾猜想她会成为后来的许广平。绍兴会馆之外，鲁迅先生在北京的三个家，许羡苏都住过，和鲁瑞老人以及朱夫人很熟悉，她是许广平之前鲁迅很重要的异性朋友。在回忆录中，她向后人描述了鲁迅当时的生活场景：

> 鲁迅先生的习惯，每天晚饭后到母亲房间休息闲谈
> 一阵，现在老太太房间里陈列着的那把大的藤躺椅，是
> 他每天晚上必坐的地方，晚饭后他就自己拿着茶碗和
> 烟卷在藤椅上坐下或者躺着。老太太那时候已快到七十
> 岁，总是躺在床上看小说或报纸，朱氏则坐在靠老太太
> 床边的一个单人藤椅上抽水烟，我则坐在靠老太太床的
> 另一端的小凳上打毛线。谈话的内容很丰富，各方面的
> 都有，国家大事，过去的朋友，绍兴新台门中的人物，
> 也常常谈到有关他文章中一些典型人物，如阿Q、顺姑
> 等具体人物。

分房而睡不能简单地等于分居。中国的很多夫妇没有分房而
睡，这是习惯和住房条件决定的，西方流行夫妻各有各的房间，
总不能解释因为没有爱情，或者为了扼制性欲。鲁迅前有朱夫
人，后来又有许广平，即周作人的所谓"多妻"，这是极简单的
事实，当事人并不回避。许广平只称自己从某年某日起，与鲁迅
同居。鲁迅逝世以后，有一种研究倾向，是强调封建包办婚姻对

鲁迅的伤害，硬把他的婚姻说成是有名无实，林辰先生《鲁迅事迹考》就持这种观点，到后来，连这种观点似乎都有损于鲁迅的光辉形象，在五十年代再版，《鲁迅的婚姻生活》这一章索性被删除了。

把周氏兄弟的失和，完全归罪于信子，是不恰当的。女人是祸水的老调不应该重弹，以鲁迅和周作人之明，不至于那么糊涂。兄弟不和夫妻离婚，本来也用不到别人来插嘴，说三道四。清官难断家务事，任何人都别自以为是，总觉得自己的观点正确。不妨换个角度想一想，周氏兄弟的失和，是否和周作人的想独立有关。我们都知道，周作人的成长和鲁迅分不开，他的世界观直接受影响于长兄鲁迅。随着年龄的增长，周作人的思想发展，其实已经不可能再跟着鲁迅的轨道向前走了。

早在东京留学的时候，周作人就因为不肯翻译鲁迅安排的工作，和哥哥发生过冲突。在对待弟弟的态度上，鲁迅显然有其霸道的一面，他见弟弟沉默，消极对付，便"忽然激愤起来，挥起他的老拳，在我头上打了几下"。晚年的周作人回忆往事，全无对大哥鲁迅的不满，恰恰相反，笔调间洋溢着亲情，说自己只是不想译那篇文章，又说自己的确该打，而且懊悔，"不该是那么样的拖延的"。鲁迅是急性子，长兄为父，既负有管教的义务，有时候便会蛮不讲理，青年时代的周作人性格温顺，他对鲁迅完全是顺从的，偶尔的小反抗，也就是玩点消极沉默。

周氏兄弟失和，各走各的路，未必全是坏事。失和丝毫没有影响兄弟俩应该取得的辉煌成就，分道扬镳以后，鲁迅写了《彷徨》，写了后来的一大堆东西，周作人则从刚刚开始起步，逐渐成为大名鼎鼎的知堂老人。失和本身并没有耽误什么正事，周氏兄弟能成为新文学的两大高峰，他们的分，或许比合更为有利。起码从周作人来说是这样，精神上的断奶，摆脱了鲁迅的指导，可能会有迷惘，也可能会走错路，栽大跟头，但是却更容易发扬自己的个性。在鲁迅的阴影下，周作人成不了一棵参天大树。

天下无不是的父母，世间最难得者兄弟。考察周氏兄弟失和后的言行，虽偶有不满，但是"兄弟阋于墙，外御其务"，还是难免胳膊肘向里拐。无论在私下，还是公开场合，周氏兄弟谈起对方，都是恰如其分，一针见血。他们都太了解对方，因此英雄惜英雄也就在所难免。不管怎么说，骨肉至亲的兄弟失和，的确给双方带来剜心之痛，正如周作人所说：

> 我也痛惜这种断绝，可是有什么办法呢，人总只有人的力量。

《伤逝》中，涓生哭天抢地地喊着：

> 我愿意真有所谓鬼魂，真有所谓地狱，那么，即使在孽风怒吼之中，我也将寻觅子君，当面说出我的悔恨和悲哀，祈求她的饶恕；否则，地狱的毒焰将围绕我，猛烈地烧尽我的悔恨和悲哀。
>
> 我将在孽风和毒焰中拥抱子君，乞她宽容，或者使她快意……

按照周作人的解释，鲁迅的《伤逝》是诗，是用《离骚》的手法写就的诗。香草美人的借用，自古就是文人表达思想感情的惯用伎俩，或许是周作人自说自话，说者无意，听者有心，或许正好颠倒过来，反正谁是涓生，谁是子君，永远也说不清。

一九九九年十月四日　碧树园

阅读吴宓

一

　　说来好笑，阅读吴宓，留心有关文字，成了近年来很当真的一件事情。起因只是他生于一八九四年，这是个特殊年份，中日甲午战争爆发，两国长达半个世纪的对抗拉开序幕，也正是这一年，孙中山给李鸿章写了一封长信，表达他的改良主义思想，遭到拒绝后，从此投身革命，坚定不移，直到死在北洋军阀时期的北京。很长时期，抗日和革命成了两个重要主题，研究中国，不论思考历史，还是评论文学，都无法回避。我习惯找出几位出生于这一年的人，把他们当成解剖近现代中国的标本，我的祖父也出生在这一年，这是很好的参照系数，它提供了一个横向的比较机会。阅读吴宓，我总是忍不住想，和他同年的祖父此时正在干什么，面对同样的问题，祖父会有什么不同的想法。在厚厚的十本《吴宓日记》中，提到祖父只有一处，时间是一九四五年的一月九日，一次宴会上偶然相遇：

> 遂偕赴华西大学内李珩、罗玉君夫妇邀家宴。座客桦外，有叶绍钧及谢冰莹女士。席散，同步归。

叶绍钧名字下面，有小字自注："圣陶。苏州人。今为开明书店总编辑。与宓同年生。留须。温和沉默。"这是典型的吴雨僧风格，记账本一样老老实实，一本正经。再看祖父的日记，略为详细一些：

> 五时半，至李晓舫家，晤吴雨僧、李哲生、陈国华、谢冰莹。雨僧与余同岁，身长挺立，言谈颇豪爽，近在燕大讲《红楼梦》，借以发抒其对文化与人生之见解，颇别致。主人治馔颇精，而不设酒，余以酒人，觉其匆习。八时散，复至月樵所，方宴颉刚夫妇，尚有他客六七人，墨先在。余乃饮酒十余杯。十时归。

两则日记很客气，一层意思没有明说，都觉得对方不是原来的设想。他们属于两个不同阵营，道不同，则不相为谋，既对立，更隔膜。阵营不同，误解便不可避免。这次偶然相遇，消除了一定误解，又增加新的错误认识。如果继续交往，他们或许可以成为朋友，但是沟通从来不是件容易的事情。吴宓不知道，对方温和沉默是因为没有酒，祖父觉得对方豪爽，却根本就是个假象。

二

吴宓不是一个豪爽的人，而且毫无幽默感，他的成名与挨骂有关。说起新文学史，谈到新旧之争，忘不了鲁迅的妙文《估"学衡"》。《学衡》是一个笑柄，一帮自视很高的书呆子，刚从国外回来，觉得喝过洋墨水，对"西化"更有发言权，于是匆匆上阵，想一招致敌于死命，事实却证明根本不是对手，刚一出招，就被新文学阵营打得鼻青脸肿。不妨想象一下当时的新文学阵营如何强大，陈独秀和李大钊，鲁迅兄弟，胡适及其弟子罗家伦和顾颉刚，茅盾为理论主笔的文学研究会，邵力子主编的《民国日报》副刊《学灯》，这些高人联手，每人吐口唾沫，已足以把《学衡》的人淹死。当时同属于新文学阵营的创造社，还没有出手参战，这一派的好战，善于胡搅蛮缠，作为《学衡》总编辑的吴宓心里不会不明白。

事隔多年，重新回顾这场文化论战，心平气和地说，双方都该骂，而且细究骂人的内容，双方都有些道理。《学衡》站在旧文化阵营一边，仅此一点顽固，即使在今日，仍然该骂，该痛骂，而五四前后掀起的新文化运动，方向大致正确，但是存在很多问题，也应该指出来。我曾和祖父谈过读当年的《小说月报》，众所周知，《小说月报》改刊是新文学史上的大事，比较新旧两派小说，也就是阅读茅盾主编前后的《小说月报》，就其小说质量而言，被看好的五四时期新小说，并不比旧小说强。新小说在一开始很不好看，鲁迅或许是个例外，像他那样优秀的太少，新小说的拙劣有目共睹，后人评价高，更多的是出于策略上的考虑。事实上，作为当时的重要作者，祖父也承认新派的小说没有旧小说写得好。换句话说，新小说只能证明自己写得对，却不能证明自己写得好，达到了多高的境界。

认真阅读当时的小说，不难得到这样的印象，新小说气势汹汹，其实嫩得不像东西。就像刚学走路的小孩，尽管前景良好，未来一片光明，真实的现状却不敢恭维。新小说佶屈聱牙，不能卒读。鲁迅写得好，是因为旧小说也写得好，发表在改刊之前的

《小说月报》的文言小说《怀旧》，便是一个极好的例子。这似乎也反证了吴宓在《论新文化运动》中的观点，所谓"不知旧物，则决不能言新"。《学衡》是新文化运动的一面反动旗帜，一片喊新声中，《学衡》的声音显得很可笑。多年以后，吴宓自订年谱，痛悔当年的仓促上阵，尤其对第一期《学衡》的低质量感到痛心。作为创刊号，推出的一些"作品"让人无法恭维，鲁迅对其进行了辛辣的嘲讽，轻而易举挑出一大把错误。《学衡》批评新派不足，看出了对方毛病是对的，可是他们也是漏洞百出，正如吴宓自己承认的那样，"实甚陋劣，不足为全中国文士、诗人以及学子之模范者也"。吴宓把过错推到了一个叫邵祖平的人身上，他写道：

> 鲁迅先生此言，实甚公允。《学衡》第一期"文苑"门专登邵祖平（时年十九）之古文、诗、词，斯乃胡先骕之过。而邵祖平乃以此记恨鲁迅先生，至有一九五一冬，在重庆诋毁鲁迅先生之事，祸累几及于宓，亦可谓不智之甚者矣。

这其实是为同人打掩护，想蒙混过关，鲁迅先生矛头直指梅光迪，直指胡先骕和柳诒徵，这些都是《学衡》的核心人物，想赖也赖不了。吴宓先生应该老老实实地承认，他们那几个人中间，除了柳诒徵，其他几位的旧学并不怎么样。《学衡》同人对旧的东西更感兴趣，在鲁迅看来，这帮人漏洞百出，只是假古董。他们守旧保守，但是在传统的旧学上，并不比新派人物强。一些文章把吴宓说成是旧学大师，这不确切，是过誉之词，办《学衡》的时候，吴宓是刚从国外回来的文学青年，旧学根底和大十多岁的鲁迅不能比，和大三四岁的陈寅恪和胡适，也无法匹敌。就其性格而言，吴宓身上更多浪漫成分，根本不擅长做死学问，对于旧文化的钻研，他和新派的胡适、顾颉刚之间的差距，随着时间发展，也只能是越来越大。

人们阅读的兴奋点，往往停留在新与旧上，以新旧为个人取舍标准，结果是新派看新，老派看旧，各取所需，老死不相往来。然而新未必好，旧也未必坏，关键要看货色。意气用事结果反而成不了事，"何必远溯乾嘉盛，说起同光已惘然"，这是陈寅恪父亲散原老先生的诗句，形容五四前后文坛正合适。这时期无论旧派新派，艺术成就都有严重的问题，人们重新回顾，各打五十大板并不为过。有一点必须指出，新代表出路，代表前途，已被事实所证明，时至今日，做学问重犯前人的老毛病，再妄谈复古，不仅"不智"，而且可笑。

三

吴宓是研究外国文学的，喜欢拿中外作品相比较，因此获得了中国比较文学鼻祖的盛誉，这又是一种站不住脚的夸大其词。比较文学的说法，一向很可疑，最容易似是而非，事实上不比较没办法谈文学，而中外比较了一下，就和国外后来风行一时的"比较文学"流派有了血缘关系，显然一厢情愿。比较是中国文学批评的传统，这表扬对吴宓来说，只能隔靴搔痒，他的野心并不在于谋一个开山之祖的称号。我想吴宓把自己搁在旧派阵营中，内心深处一定很矛盾。综观他一生，似乎更适合成为新派阵营中的一员。这是个很尴尬的定位，他是《学衡》总编辑，而这头衔恰恰也是自封的。《学衡》诸人策划杂志时，为了"脱尽俗务"，本来不准备设总编辑，吴宓只是众推举的集稿员。他自说自话在杂志上印上了总编辑头衔，为此，《学衡》诸君不以为然，曾讽刺挖苦过他，但是"宓不顾，亦不自申辩"。

编辑《学衡》是一件吃力不讨好的事情，得罪整个新文学阵营不算，内部也经常有摩擦。吴宓自封为《学衡》的总编辑，一方面说"亦不自申辩"，另一方面又拼命解释：

　　至于宓之为《学衡》杂志总编辑确由自上尊号。盖先有其功，后居其位。故毅然自取得之。因此宓遂悟：古来大有作为之人，无分其地位、方向为曹、为刘、为孙（以三国为喻），莫不是自上尊号。盖非自上尊号不可。正如聪明多才之女子，自谋婚姻，自己求得幸福，虽在临嫁之日，洞房之夕，故作羞怯，以从俗尚。然非自己出力营谋，亦不能取得"Mrs. So & So"（某某夫人）之尊号。个人实际如此，可无疑也。

　　好一个"毅然自取得之"，一番自白，吴宓之"迂"跃然纸上。这种辩护越辩越黑，亏他能想得出。吴宓和《学衡》同人的关系并不融洽，读《吴宓日记》，可以发现很多不愉快的记录。一九二三年九月十五日，吴宓和邵祖平商量，将他的诗稿推后一期发表，邵于是大怒，勒令吴宓必须在这期发表。吴宓以别人无权干涉自己编务为由拒不答应，邵"拍案大声叱詈，声闻数室"，吴宓无可奈何，只能"予忍之，无言而出"。临了还是他做让步，在诸人眼里，他只是一位自封的总编辑。吴宓一肚子委屈，唯一出气的办法，是把这些事都写进日记。他很看重自己的日记，而且自信以后将成为历史的见证，因此措辞十分讲究，尤其在褒贬人物的时候。

予平日办理《学衡》杂务，异常辛苦繁忙。至各期稿件不足，中心焦急。处此尤无人能知而肯为设法帮助（仅二三私情相厚之友，可为帮顾）。邵君为社中最无用而最不热心之人。而独喜弄性气，与予一再为难。予未尝不能善处同人，使各各满意。然如是则《学衡》之材料庸劣，声名减损。予忠于《学衡》，固不当如是徇私而害公。盖予视《学衡》，非《学衡》最初社员十一二人之私物，乃天下中国之公器；非一私人组织，乃理想中最完美高尚之杂志。故悉力经营，昼作夜思。于内则慎选材料，精细校雠。于外则物色贤俊，增加社员。无非求其改良上进而已。使不然者，《学衡》中尽登邵君所作一类诗文，则《学衡》不过与上海、北京堕落文人所办之小报等耳。中国今日又何贵多此一杂志？予亦何必牺牲学业时力以从事于此哉？

予记此段，非有憾于邵君。特自叙其平日之感情与办事之方针耳。

吴宓在日记和自编年谱中，不止一次写到对《学衡》同人的不满，他说梅光迪"好为高论，而完全缺乏实行工作之能力与习惯"。为自己的妥协让步，把不满意的稿件编入《学衡》感到痛心，"宓本拟摈弃不登者，今特编入，以图充塞篇幅而已"。吴宓对如何办《学衡》，有一套完整的想法，这想法过于理想，因此实施起来非常困难。传说钱钟书曾说过吴宓先生太"呆"，这一说法已得到杨绛先生的坚决否认，认为是好事者附会，然而这种附会，多少是说出了一点真相，那就是吴宓确实有点呆。

呆人常自作聪明，吴宓自编年谱中，大言不惭承认《学衡》杂志总编辑一职，是"毅然自取得之"，又在年谱的前几页，明白地说自己应聘东南大学，是因为"拟由我等编辑杂志（月出一期）名曰《学衡》，而由中华书局印刷发行。此杂志之总编辑，尤非宓归来担任不可"。在日记中，吴宓屡屡自我表扬，言过其实，这种流露正是"呆"之所在，只是不可恶，反而有些可爱。一九二四年七月，吴宓去上海拜见中华书局大老板陆费逵，明明是恳求对方开恩继续办《学衡》，但是日记上只说他"痛陈《学衡》之声名、实在之价值，及将来前途之远大"，对方"意颇活动，谓与局中同人细商后再缓复"。毕竟是从美国回来，吴宓深知宣传的重要，而宣传就是说大话。自从建立民国，中国人不论文武，都明白洋人支持的重要。当军阀，不是依靠日本，就是借助英美，文化人也不能避开此俗例。《学衡》创刊之后，吴宓不仅增入英文目录，而且不忘将刊物寄往国外的知名图书馆，赠送西方名牌大学的汉学家。在吴宓拟定的赠刊名单中，可以看到诸如"巴黎大学东方学院"、"牛津大学图书馆"、"美国国会图书馆"和"哈佛大学图书馆"。欧风盛行的年代里，《学衡》如果有来自西方汉学家的支持，对新派人士无疑将是最有力的打击。

《学衡》并不像吹嘘的那么出色，这一点吴宓心里很明白，也很无奈。事实上，这根本不是一本能实现心中理想的刊物。前几年，吴宓成了出土文物，着实热了一阵，有关的书甚至成了畅销书，他也因此和陈寅恪一样，罩上了通今博古的光环，有人甚至趁机为《学衡》翻案。以学术成就论，吴宓比不上陈寅恪和胡适，也比不上他的学生钱钟书。吴宓的失算在于知其不可为而硬为，像编《学衡》这样的杂务，陈寅恪、钱钟书绝对不会去干，一个真做学问的人，没那么多时间和精力耽误。吴宓的旧学根底较弱，刚回国那阵，他跟着胡先骕和邵祖平学写过江西诗派风格的旧诗。老实说，不仅新派看不上，旧派同人也不把他放在眼里，所谓"敌笑亲讥无一可"。梅光迪就对外人说过《学衡》越办越坏，原因当然是吴宓不行。吴宓不擅长训诂音韵，也不屑于做考据一类的文字，《学衡》发表谈甲骨文的文章，引起外国学者的注意，很认真地写信来请教，这让吴宓感到很恼火，因为他理想中的《学衡》，应该"有关国事与时局"，应该担负维护中国文化优秀传统之大任，而不是旧派学人的自留地，整日来几首小诗几篇游记，玩点考证索引，大谈文章义法。旧的沼泽地里折腾不出新名堂，玩物丧志是吴宓不愿意看到的结果，《学衡》给读者留下太深的陈旧印象，真发表了有观点的好文章，实际上也没什么人愿意读。

四

一百年前，一个美国学者预测未来的发展，认定中国会发生激烈的革命，古老文化传统很可能被毁灭，孔子的偶像将不复存在。这个忧心忡忡的美国佬就是吴宓的恩师白璧德，他的焦虑传染给了他的学生，结果吴宓的一生，都取保守姿态，以维护中国文化传统为己任。除了保守，吴宓信奉好好主义，对人类的一切文化遗产，都敬若神明。他画了一个简图，把苏格拉底、耶稣基督、印度佛陀以及中国孔子，概括为人类文化的精华。世界的文明大厦靠这四根柱子支撑，缺了任何一根都可能倾斜，基于这样的观点，吴宓打算写出一本关于人生哲学的书。这本书没有写出来，也不可能完成，因为基本的观点并非吴宓独创，他志大才疏，充其量只是一个好学生，一生都在宣传老师的观点。

吴宓出过一本诗集，自视很高，给学生上课，常以自己诗歌为例。他成不了哲人，也算不上一个优秀诗人，中国旧诗太伟大，出人头地十分困难。吴宓的弟子郑朝宗先生曾说吴宓的诗"限于天赋，造诣并不甚高"，但是他的诗集长短都收，优劣并存，还配有插图，加上注，更像一部有韵自传，拜伦的《恰尔德·哈罗德游记》就是这种风格。吴宓一生并不满足于诗人称号，他更大的理想是当一名小说家，写一本能和《红楼梦》媲美的小说《新旧因缘》。在吴宓日记中，常提到某人某事可入《新旧因缘》，毛彦文和朱君毅分手，把自己的一大摞情书奉送给了吴宓，供他日后写小说参考。可惜这部小说压根没动过笔，他总是说要写，或许计划太庞大，结果也就是说说而已。

吴宓一生，为女人耗费了太多心血，无论潇洒的新派作家，还是风流的旧派文人，在花心方面都无法和他相比。他一生都在强烈追求异性的爱，和死心塌地维护旧道德一样，这种过分的冲动，很容易让人误解。况且，保守和浪漫本来就尖锐对立，很难想象两者会如此有机地集合在他一个人的身上。一九二一年八月，留学归来的吴宓没休息两天，便匆匆赶往杭州见陈心一。自订年谱中，他对这次见面，做了一番极具戏剧性的描述。到了陈家，稍坐，从未谋面的陈心一被引出来相见，大家默默相对，"至多十五分钟以后"，毛彦文来了，"神采飞扬，态度活泼"，说要去北京上学，正好路过，没想到遇上了他。吴宓在年谱中，故意淡化了陈心一，说那天她"无多言语"，主要是毛彦文在说话。下午四点钟，毛告辞，吴宓紧接着也告辞，当天就返回上海。十三天以后，吴宓和陈心一结婚。

这是一部爱情小说的开始，两位女主角初次亮相，同时出场。陈心一和毛彦文是吴宓生命中，有着极其重要地位的女人，陈为吴宓生了三个女儿，毛则是他至死不渝的情人。知道吴宓身世的人，读到这段文字，肯定会有所感叹。不过，这文字做了手脚，事实是，吴宓当天并没有离开杭州，而是留了下来，一待就是三天。根据吴宓日记的记载，他五日回国抵达上海，找了一家旅馆住下，次日回家看父母，八日去了杭州。日记中和陈心一的见面是这么写的：

> 最后心一出，与宓一见如故，一若久已识面者然。宓殊欣慰，坐谈久之……四时许，岳丈命心一至西湖游览。并肩坐小艇中，荡漾湖中。景至清幽，殊快适。

在"一见如故"和"殊欣慰"下面，吴宓都加点表示注重。第二天，两人一起游了西湖，乘小艇，湖中一日，涉历名胜地方多处，吃茶数次，又在壶春楼吃午饭，并且"一切均由心一作东"。

> 是日之游，较昨日之游尤乐。家国身世友朋之事，随意所倾，无所不谈……此日之清福，为十馀年来所未数得者矣。

吴宓日记中，此三日无一字谈到毛彦文。根据他的风格，如此重要之事不会不记，因此毛在自编年谱中的出现，很可能是杜撰。吴宓一生中，最喜欢和别人诉说与毛彦文的爱情故事，说多了，难免加工，临了，自己也会被加工的东西所蒙蔽。吴宓一生都在唱爱情高调，稍不仔细，就会上他的当。以今天的观点看，吴宓当年的婚姻态度很有问题，既迫不及待，又敷衍了事。一九一九年三月，正在美国留学的吴宓，因为看见玻璃橱窗上的裸体美人招牌，和陈寅恪等一起"共论西洋风俗之坏"，谈到"巴黎之裸体美人戏园"，第一次听说"秘室之中，云雨之事，任人观览。至于男与男交，女与女交，人与犬交，穷形尽相"。这番议论，当然带着批判，然而内心深处对异性的渴望，也跃然纸上。当天的日记中，经过批判，吴宓笔锋一转，振振有词地写道：

> 盖饮食男女，人之大欲。大丈夫生而愿为之有室，女子生而愿为之有家。夫情欲如河水，无所宣泄，则必泛滥溃决。如以不婚为教，则其结果，普通人趋于逾闲荡检，肆无忌惮。即高明之人，亦流于乖僻郁愁，abnormal perversion……
>
> 宓更掬诚以告我国中之少年男女，曰公等而欲完贞德而求乐生也，则毋采邪说，及时婚嫁，用情于正道。一与之齐，终身不改。离婚断不可为训。自由结婚，本无此物，而不婚与迟婚，欺人行事，矫志廉耻，更不可慕名强效。

日记中的洋文是"性反常行为"，吴宓虽然是外国文学教授，但日记中的洋文并不多见。他不可能像郁达夫那样直露地表达性的苦闷，爱情这两个字，也暂时想不到。有朋友寄照片来，托他在留学生中寻找佳婿，他竟然自荐，吓得对方连声说不，觉得他"思想甚多谬误，望速自检查身心"。这个细节说明了身在异乡的吴宓魂不守舍，这种心情下，同样留美的陈心一的弟弟为其姐择婚找到他时，他显得有些心急，好友一番"回国后，可恣意选择对象"的劝阻也顾不上，毫不犹豫答应下来。成为爱情至上主义者是后来的事情，此时的吴宓对婚姻听天由命。一方面，他慎重地转托友人朱君毅的未婚妻毛彦文在国内打听陈心一的情况，毛和陈是同校同学，当时并非知友，毛很认真地探听了消息，对陈进行一番考察，然后通过未婚夫向吴宓汇报，大致意思是人还不错，交朋友可以，贸然订婚则没有这种必要。另一方面，吴宓又很草率地决定先订婚，好友陈寅恪的观点似乎影响了他的婚姻态度，陈寅恪觉得一个男人，学问不如人，这是很可耻的，大丈夫娶妻不如人，又有什么难为情。

既然如此，不就是找个老婆，何苦顶真。吴宓评价自己，小事聪明，大事糊涂。结婚七年以后，吴宓忽发奇想，开始大谈爱情，他决定和陈心一离婚，开始了对毛彦文的漫长追逐。毛是他朋友的未婚妻，是妻子的同学兼好友，吴宓和陈心一结婚以后，毛是他家的常客。朱君毅和毛彦文后来闹翻了，死活不肯和毛成为夫妻，给毛造成了很大痛苦，吴宓最初作为中间人，往返于两人之间，本来只是救火，临了，却引火烧身，把自己烧得半死。吴宓是在一种很尴尬的状态下离婚的。陈心一不能接受娥皇女英的暗示，这种大小老婆的如意算盘，也不可能为毛彦文所接受，在一开始，毛只是一位被动的第三者，吴宓郑重其事地表达了爱意，毛毫不含糊地一口拒绝。在男女问题上，吴宓始终自以为是，改不了一厢情愿的老毛病。他的离婚和结婚一样草率，也许内心深处真的是不太爱陈心一，他感到委屈，不是自己好端端的家庭被拆散了，而是这种拆散之后，毛彦文仍然不肯老老实实就范。吴宓对毛的追逐是他一生中最重要的一件事情，是一场伟大的爱情马拉松，中间包含了太多的故事，这些故事全是写小说的好材料。

五

吴宓给人留下了一个严谨学者的印象，随着时间推移，这种印象很可能成为一种定评。三十年代初，吴宓去欧洲进修，临行前，同人为他饯行，朱自清喝得大醉，席间就呕吐不止，吴宓于是感叹，觉得自己为人太拘谨，喝酒从不敢过分，颇羡慕别人能有一醉方休的豪情。我所以提到朱先生，是因为朱也是有定评的严谨学人，如果就此推断吴宓为人更古板严肃，毫无浪漫情调，则大错特错。事实上，吴宓是一个地道的"好色之徒"，他的不安分，陈寅恪看得最透彻，说他本性浪漫，不过为旧礼教旧道德所"拘系",感情不得发舒,积久而濒于破裂,因此"犹壶水受热而沸腾,揭盖以出汽,比之任壶炸裂,殊为胜过"。

吴宓和陈心一离婚,让许多人感到震惊,《学衡》同人一致谴责,其父怒斥他"无情无礼无法无天,以维持旧礼教者而倒行逆施"。吴宓的尴尬在于,老派的娶妾,新派的离婚再娶,偏偏他不新也不旧。像吴宓这么浪漫的人,注定不应该有婚姻,解除婚姻的束缚,"犹如揭盖以出汽",和陈心一离婚以后,吴宓有过无数次婚姻机会,他不断地向别人求爱,别人也做好准备和他结婚,仅仅和毛彦文就起码有两次机会,然而关键时刻,都鬼使神差,成了泡影。吴宓一生都在追求毛彦文,这是事实,毛真准备嫁给他,他又犹豫,活生生地把到手的幸福耽误了,这也是事实。

既想和毛成为夫妻,又担心婚后会不和谐,两种截然不同的心情,使吴宓成为一个十分矛盾的人。矛盾是人之常情,但是矛盾尖锐到像吴宓这样的,实在少见。一九九〇年出版的《回忆吴宓先生》,因为是多人的纪念集,提到吴宓和毛彦文的情事,大多采取吴为了毛离婚,毛失约另嫁,吴于是终身不娶的说法。这一说法是把吴宓的爱情故事,描绘成一场伟大的柏拉图之恋,真相却和事实相去甚远。吴宓一生最喜欢和别人谈他和毛的情事,吴宓日记中,屡屡提到和谁谁谁"说彦",粗粗估计,不会少于一百次。任何一个与吴宓打过交道的人，只要乐意听，吴宓就会讲述不同版本的故事。这些故事是他博得女人好感的有效武器，女人生来就容易被爱情故事所打动。

吴宓的柏拉图之恋在一开始就自欺欺人，离婚前有娥皇女英之戏语，离婚后，他索性撕下脸来，死缠着毛嫁给他。吴宓的胡搅蛮缠还是有效的，因为骨子里，女人总喜欢被爱，尤其喜欢吴宓那种全力以赴的爱，而且女人的爱是希望有婚姻做保障。事实是，吴宓并不是只爱毛一个人，离婚不久，他就同时爱上了另外一个人，在日记中不断地比较她们的优劣，为究竟娶谁而心猿意马。在后来的岁月中，吴宓成了大观园里的贾宝玉，除了毛彦文，他还马不停蹄地爱别的女人，其中有结过婚的，有离了婚的，有美国人，有法国人，真所谓见一个爱一个，年龄差距也越拉越大，从几岁到十几岁，甚至几十岁。

对异性如饥似渴，对婚姻胆战心惊，吴宓变得让人难以捉摸。一九三一年一月，吴宓拜访了艾略特，与其大谈白璧德，然后一起散步，去大都会饭店吃午餐。是谁付钞尚待考证，吴宓只随手记下来两件事，艾的女秘书很漂亮，艾为他介绍了多名英法文化名人，这些文化名人成为日后讲学的重要资本。到欧洲的时间很短，但是在西风的劲吹下，他迅速欧化。首先是对毛彦文的态度开始强硬，他拍电报去美国，让毛放弃学业，迅速赶到欧洲结婚，否则从此拉倒。他动辄就向毛发出最后通牒，甚至十分恶毒地称毛为"Dog in the manger"（占着马槽的狗），这俗语正好与一句中文对应，所谓占着茅坑不拉屎。此时的吴宓充满了单身贵族的潇洒，一头一脸大丈夫何患无妻的气概，除了和毛彦文纠缠，他还写信回国，向一位叫贤的女人示爱，同时又和一位在法留学的美国女人 H 打得火热。

毛彦文终于让步，决定来欧洲和他结婚，但是吴宓搭起了架子，说来欧洲可以，婚事则不急着先定下来。毛真是十分狼狈，原来是吴死皮赖脸地缠她，现在她松口了，对方又变了卦。吴宓总说毛彦文负了他，事实真相远不是这么回事。毛临了厚着脸皮来到欧洲，吴宓已完全一副赖婚的架势，毛哭着说他们"出发点即错误"的时候，他竟然很冷静地说："人事常受时间空间之限制，心情改变，未有自主，无可如何。"毛大老远地来了，吴宓竟然抛下她去别处旅游，毛此时已是一位三十多岁的老姑娘，心气再高，对吴宓这种吃了碗里又看锅里的行为，也只能悲痛欲绝。

> 是晚彦虽哭泣，毫不足以动我心，徒使宓对彦憎厌，而更悔前此知人不明，用情失地耳！

如果只是这一次负毛彦文，或许还有情可谅，事实却是一而再，再而三。吴宓和毛彦文的爱情故事充满戏剧性，拒婚以后，吴宓度过了一段少有的轻松时光，或许回国在即，他抓紧时间在欧洲旅游，很快又爱上了一位德国女郎：

> 余一见即爱之，遂与交谈（英语）……总之，两小时之中，宓爱 Neuber 女士愈笃，几不忍离。

水壶的盖子被打开了，吴宓的心野了一阵，终于又收回来。如果继续在欧洲待下去，他真可能会变成一个不折不扣的浪荡子。回国之前，吴宓和毛彦文的关系又有了新的进展，两人达成了谅解，再次情意绵绵，有一天，吴宓觉得对方不理解自己的心情，便以小剪刀自刺其额，"彦大惊，急以巾浸冷水来洗，且以牙粉塞伤口"。两人商定，四个月后，在青岛结婚，届时如果别有所爱，或宁愿独身，那就取消婚礼。结果大家都知道，不是冤家不聚头，吴宓此后对毛，一直是既纠缠，又每逢真要结婚就临阵脱逃。他总是不断地爱别的女人，一年内要爱上好几位，而且把爱的种种感受，写进日记，说给别人听，甚至说给毛彦文听。

从欧洲归来的两年里，毛彦文一直在等吴宓娶她，但是吴宓花心不改。一九三三年八月，吴宓又一次南下，目的是先去杭州，向卢葆华女士求爱，如不成，再去上海，和毛继续讨论是否结婚。友人劝他别老玩爱情游戏，此次南下必须弄个老婆回来。结果又是两头落空，毛觉得他太花心，因此也唱起高调，说她准备做老姑娘，尽力教书积钱，领个小女孩，"归家与女孩玩笑对话，又善为打扮，推小车步行公园中，以为乐"。天真的吴宓并未察觉出这番话中的潜台词，他大约觉得毛反正是跑不了，依旧热衷于自己的多角恋爱。

毛彦文一气之下，嫁给了熊希龄，一位比她爹还大的老头，此人做过民国的总理。吴宓没想到会有这步棋，毛的嫁人，让他有一种遭遗弃的感觉，同时也很内疚，认定毛是赌气，自暴自弃，不得已而嫁人。很长时间里，吴宓都没办法确定自己应该扮演什么样的角色，是负情郎，还是被负情的痴心汉，两者都是，又都不是。不管怎么说，毛是他一生最钟爱的女人，只有真正失去了，才能感到珍贵，她结婚以后，特别是三年后熊希龄病故，吴宓一直纠缠不休，既是不甘心，同时也真心忏悔。吴宓和毛彦文的爱情故事，是三十年代小报上津津乐道的话题，很多文化名人卷入到这事件中，譬如陈寅恪和胡小石，都为吴宓做过直接或间接的牵线活动。

六

　　阅读吴宓，各种各样的文字见得越多，越觉难以描述。吴宓更像是一个小说中的人物，一生都在努力演好某个角色。他曾比较过贾宝玉和堂吉诃德的共同点，说他们在追求爱情和渴慕游侠时，都极见疯傻，除此之外，议论和思想，皆纯正并且合情入理。此评价也是解读吴宓最好的钥匙，否则，他很容易被误解为一个好色的老流氓，一个冥顽不化的老厌物。

　　吴宓日记中随处可见女人的形象，有时候是一长串名单，他总是没完没了地分析她们和自己结合的可能性。譬如有一天的日记，就赫然写着：敬精神上最相契合，绚生活上颇能照顾，铮机会最多，宪初是社交美人，这些人吴宓都爱，但是他又更爱一个叫 K 的女人，理由是爱 K 犹如爱彦，而 K 天真活泼又似薇。上面提到的这些人，都比吴宓小十几岁甚至二十多岁，譬如宪初就是熟人黎锦熙先生的女儿。吴宓日记中，见到"一见就爱"和"甚惊其美"一类老不正经的字眼不足为奇。有人为吴宓的友人介绍一位年轻美丽而有巨额财产的寡妇，友人大怒，认为是侮辱，吴宓听了"深切悲叹"，觉得友人太傻，说自己若不是因为还爱着毛彦文，一定毫不犹豫地"往而求之矣"。

难怪李健吾会写三幕剧《新学究》讽刺挖苦，而沈从文则写文章开出一剂救人药方，劝他赶快结婚，让情欲的发泄有个正当渠道。在很多人眼里，吴宓实在不像话，成天追女学生，请女学生吃饭，约女学生散步，给女学生写情书，为人师表弄成这副腔调，有伤风化，成何体统。为讨好女学生，吴宓不惜帮着作弊，替女学生做枪手翻译文章，然后利用自己的关系将其发表出来。在法国巴黎，在陪都重庆，吴宓都曾因为看见别人老夫少妻，感到既羡慕又妒忌。二三十年代，这种现象并不罕见，谈到鲁迅与许广平的婚姻时，他酸溜溜地说：

> 许广平（景宋）夫人，乃一能干而细心之女子，善窥伺鲁迅之喜怒哀乐，而应付如式，既使鲁迅喜悦，亦甘受指挥。云云。呜呼，宓之所需何以异此？而宓之实际更胜过鲁迅多多，乃一生曾无美满之遇合，安得女子为许广平哉？念此悲伤。

吴宓一生都在追求女子的爱，他随处用情，自称"以释迦耶稣之心，行孔子亚里士多德之事"。《红楼梦》是他最钟爱的作品，这位当代贾宝玉很认真地出过一个考题，试问"宝玉和秦可卿究竟有没有发生过关系"，答案自然是否定。吴宓追求爱情，有一种宗教的热忱，"发乎情，止乎礼"，根据日记记载，他似乎真是好色而不淫，始终坐怀不乱。"七七事变"的第二天，在隆隆的炮声中，为是否该追一名女学生，吴宓很认真地虔卜于《易经》，闭目翻书，以手指定，结果得到"不能退，不能遂"几个字，大叫"呜呼，宓苦已"。一个星期以后，随着战事一天天激烈，亡国压迫下的吴宓开始真心忏悔：

> 宓本为踔厉奋发、慷慨勤勉之人。自一九二八年以来，以婚姻恋爱之失败，生活性欲之不满足，以致身心破毁，性行堕废。故当今国家大变，我亦软弱无力，不克振奋，不能为文天祥，顾亭林，且亦无力为吴梅村。盖才性志气已全漓灭矣！此为我最伤心而不可救药之事。

四年之后的太平洋战争爆发前夕，吴宓又有一段差不多的检讨：

> 宓近年读书作文，毫无成绩，怠惰过日。复为性欲压迫，几不能一日安静。

一篇取名为《吴宓先生，一位绅士和傻子》的英文文章，当年曾有过广泛的影响。吴宓对这篇文章很不满意，然而用"绅士和傻子"来形容，不能不说是个极好的概括。吴宓为女人耗去了太多的心血，在追求女学生遭到拒绝时，吴宓总是痛苦地自问自责，或是逮住了别人共同研究，分析女方的拒绝是林黛玉拒宝玉，还是凤姐拒贾瑞，如果前者，爱情是好事美差，自当有此磨难，如果后者，便太让他伤心，因为贾瑞之追求凤姐，只是出于欲的驱使，和宝玉的那种爱相差千万里。

无论是对女人之爱的执着，还是对中国文化坚定的保守，吴宓的做法都骇人听闻。对爱情，对中国的旧文化，他都太疯傻，都太不合时宜。在二十世纪，反对新文化运动，恰如堂吉诃德和风车搏斗，意味着投入到一场必输的战斗中，他无怨无悔，负隅顽抗，坚决不投降。吴宓坚持旧文化的天真理想，或许并不全错，看出了新文化运动的种种毛病，可能也是对的，但是就那个时代的学术水平而言，他的成就并不算大。恰恰相反，对于国故的整理，倒是从事新文化运动的人功劳更大，他们所做的努力，更卓有成效。从新文学阵营中，可以找出许多研究旧学比吴宓更努力，更有成果的专家学者。闻一多研究楚辞，能够几个月不下楼，论做死学问，吴宓坐冷板凳的功夫，远不能与之相比。以研究的目的看，闻一多钻研旧学，是为了宣判旧的死刑，顾颉刚的疑古学说也是如此，这种治学方法吴宓绝对不能接受，以旧对旧，保守的吴宓远不是旗鼓相当的对手。吴宓五十岁的时候，白话文运动不仅大获全胜，而且深入人心，在一次聚会上，"宓以积郁，言颇愤疾"，竟然说"欲尽杀一切谋改革汉文之人"。

吴宓就是吴宓，具有鲜明独特的个性，时至今日，翻案说他是自由主义战士，甚至说反对新文化运动也是对的，硬替他套上光环，显然没有必要。吴宓的保守固执和对女人的用情泛滥，客观上限制了他的个人成就，这一点不用讳言。吴宓不是什么大师，用不着神话，即使是作为外国文学教授，他也不是最出色的。今天突然觉得吴宓非常有学问，很重要的一个心理基础，是现在很多人根本就没有学问。吴宓的意义，在于他的坚定不移，在于他的执着追求。他有一颗花岗岩一般顽固的脑袋，二十世纪的总趋势，是适者生存，是一变再变又变，占大便宜的往往是那些善变的知识分子。善变不是什么坏事，也不一定就是好事。顽固自有顽固的可爱之处，换句话说，活生生的吴宓，在个人事业和爱情上，都有其独特的东西，不是一个简单的好坏，就可以草率评价。

一九九九年十二月十四日　碧树园

革命文豪高尔基

一

　　我弄不明白自己究竟看过多少高尔基的文字，他的书太多，不同时期各种版本，放书橱里一大排。高尔基的作品仿佛一支强有力的军队，仪仗队一样浩浩荡荡陈列在父亲的书橱里。在我童年的印象中，高尔基是最伟大的作家，其次才是托尔斯泰，才是巴尔扎克，才是莎士比亚。小孩子喜欢用数量来衡量一切，等我真正懂事以后，一直在想父亲为什么要收集那么多的高尔基作品。另一个让我耿耿于怀的疑惑，是把高尔基称为"革命文豪"，也许是时代影响，"豪"在五十年代出生的小孩子眼里，不是什么好词，我们都知道"打土豪，分田地"，"豪"应该是革命的对象，把高尔基说成是革命文豪，这是什么意思。

　　高尔基的影响空前绝后，在今天，我们可以说他不是什么伟大的作家，甚至都进入不了第一流的好作家之列，但是就某个作家对时代的影响而言，仍然找不到一个人可以与之匹敌。作为一个过来人，巴西作家亚马多认为影响二十世纪文学的三要素，分别为苏联革命、电影、弗洛伊德，对于我们父辈或祖父那两代人来说，这种说法极具代表性，而所谓影响即使在今天也不能说过期失效。一九二八年，高尔基六十岁诞辰之际，也是他的名誉和地位达到巅峰之时。世界上赫赫有名的大作家，纷纷写信或打电报，向侨居在意大利的高尔基致敬。在道贺的名单中，有一连串的已是或即将是诺贝尔文学奖的得主，譬如罗曼·罗兰、托马斯·曼、高尔斯华绥和萧伯纳，还有辛克莱，据不完全统计，不少于五十位有世界声望的作家参加了这次大合唱。一些作家热情洋溢的贺信，今天读来甚至都感到肉麻，茨威格在他的信中，非常煽情地写着：

　　　　最亲爱的和伟大的高尔基，在这些日子……祝福如潮水般涌入索伦托。信的洪流，如同维苏威火山喷发，将爱的炽烈的岩溶送到我们这地方……请爱护您的身体，祝愿您的灵感和创作达到完美境界。为了人类珍视您的热情吧！

也就是在这一年，侨居意大利多年的高尔基，开始了带有尝试意味的回国之旅，从此，他有点像今天的那些绿卡族，每年回苏联住一段时间，大约是五个月，然后再悄然回到意大利。这种候鸟一般的两栖生活持续了好几年，直到他死前的两三年才改变。许多革命者很不理解，一位红色文坛的领袖，一位革命文学的无冕之王，一年中的大部分时间，竟然作为墨索里尼的客人，生活在法西斯当政的意大利，是可忍，孰不可忍。十月革命以后，很多苏俄作家纷纷移居国外，高尔基和大多数流亡作家不一样，但是成为"移民"，不管是什么样的借口，至少都说明他和苏维埃革命的某种不和谐。

长期以来，这种不和谐是被掩盖住的。一九二八年，在离开祖国多年以后，高尔基按捺不住思乡之情，终于决定回国看看，这是举世瞩目的大事情，全世界都在等待他的观感，都在等待艺术大师对苏联革命做出解释，说出真相。对于资本主义社会来说，长达四年之久的全球性经济危机即将来临，这是资本主义社会遭遇的最大一次危机，彻底动摇了人们对资产阶级的信任。红色的三十年代即将来临，全世界的进步作家，包括我们熟悉的福克纳和海明威，无一例外都向左转，左翼文学运动轰轰烈烈，如火如荼。还是一度成为共产主义战士的亚马多的说法生动，他说高尔基并没有读过《资本论》，但是一个人只要是作家，出于对劳苦大众的同情，就会有一种天生的对资本主义的批判思想。批判思想是红色的三十年代的心理基础，左翼运动不仅盛行于文坛，也涉及艺术的各个门类，毕加索一度成为共产党员便是明证。

红色的三十年代是世界文学的重要现象，无论东方，还是西方，在欧洲，在美洲，批判资本主义成了基本的文学命题，反对资产阶级的统一战线自发形成，无产阶级将获得天下几乎是一种共识。一九三二年，高尔基在《真理报》上，向全世界的知识分子提出一个跟谁走的坦率问题，他宣布生活中只有两条路，跟着社会主义，或者跟着资本主义，没有第三条道路可以选择。这样激进的观点，未必得到全世界作家的一致赞同，但是作家们不愿意跟着资本主义走下去，则没有疑义。

二

爱伦堡在纪念高尔基的文章中，写到了这么一件事：

当我和其他的苏联作家一起在高尔基家里时，有一个瘦弱的中国女子对他说："我的同志们也梦想着见到高尔基。他们被活埋了……"高尔基哭了起来。这些眼泪我们忘不了，也永远不会忘记。这些眼泪要求我们拿起勇气来。

这个瘦弱的中国女子是谁，现在已无从考察。它不过说明了当时的一种现象，高尔基被中国的革命者深深爱戴。高尔基是全世界无产阶级的代表，他的作品是监狱里的一线光明，是革命的号角和战鼓，是翱翔乌云之上的海燕，是举着正燃烧的心脏的丹柯，有很多人因为读了《母亲》，读了《我的大学》，毅然投身革命。毫无疑问，二十世纪中，革命是中国最重要的一个词汇，虽然什么是革命，应该如何革命，这问题也许还没真正弄清楚。革命似乎可以有多种不同的解释，"文化大革命"后期，我还在中学读书，学校组织朗诵会，那年头除了八个"样板戏"，很难找到其他节目可以表演。印象中，起码有三个人，不约而同地选择了高尔基的散文诗《海燕》。高尔基是常青树，是当时为数极少还能被提到的外国作家之一。

高尔基对中国的影响，一直延续到"文化大革命"结束。粉

碎"四人帮"后，在苏联已经失势的高尔基，渐渐地在中国也遭
到冷落，这种冷落是和以往的过热相对而言的。瘦死的骆驼比马
大，我没有统计过这些年来高尔基作品的出版情况，起码我的书
橱里，还放着十四本八十年代出版的《高尔基文集》，这套文集
显然不止十四本，我不过是不愿意把它配齐罢了。俄罗斯人有一
个统计数字，一九七六年至一九八〇年，国外出版的苏联时期作
品，上升势头最快的是肖洛霍夫和艾特玛托夫，分别是七十四次
和七十二次，紧随其后的是马雅可夫斯基和特里丰诺夫，再后面
是阿·托尔斯泰、拉斯普京、叶赛宁，这些人的数字全部加起
来，还比不上一个已经失势的高尔基。在这五年里，高尔基的书
籍出版了三百一十三次。

茅盾在四十年代末写的《高尔基和中国文坛》一文中，曾
写道：

　　　　高尔基对中国文坛影响之大，只要举一点就可以
明白：外国作家的作品译成中文，其数量之多，且往往
一书有两三种译本，没有第二个人是超过了高尔基的。
三十年前，中国的新文学运动刚开始的时候，高尔基的
作品就被介绍过来了。抢译高尔基，成为风尚，从日文

重译，从英文、法文、德文，乃至世界语重译。即在最
近十多年中，直接从俄文翻译，已经日渐多了，但这些
重译还是持续不断……

茅盾的说法还不算准确，他少算了十年，高尔基的作品早
在一九〇七年，就被一位叫吴梼的人翻译过来，当时的高尔基被
译成"戈厉机"，文章名字很长，也很怪，是《种族小说：忧患
余生，原名犹太人之浮生》。这至少说明，在五四运动前，在俄
国十月革命前，还是大清朝的时候，中国的知识分子已开始关注
高尔基。有趣的是，高尔基的作品最初并不是由那些思想倾向革
命的人翻译的，排在第二位第三位的译本，分别由鸳鸯蝴蝶派和
自由主义的代表人物周瘦鹃与胡适操刀，时间是一九一七年和
一九一九年。周瘦鹃把高尔基译成"高甘"，而胡适把高尔基的
短篇《鲍列斯》自说自话地改了个中文名字《我的情人》。

我不知道"革命文豪"的头衔，是因为韬奋编的《革命文
豪高尔基》一书获得，还是本来就已经有了，韬奋的书不过是借
用。有一点可以肯定，用"文豪"这样的褒词，只能是在解放以
前。解放后流行的词汇是"为人民服务"，是"做人民公仆""劳
动人民当家作主"，对于文化人的最高评价，也就算鲁迅，被称

为"新文化运动的旗手"。文艺充其量只是马前卒，是齿轮和螺丝钉，是工具，"革命文豪"这样的头衔看上去就怪怪的。不管怎么说，作为一个作家，高尔基对中国社会的影响，前无古人，后无来者。他的影响，不只是在文学，而且深入到社会各个不同的阶层。他不只是影响革命者，影响进步青年，像冯玉祥这样纯粹的武人，甚至也会跳出来发表一通议论，冯将军认为高尔基能将自己母亲嫁人这种事写出来，丝毫不避讳，这很了不起。

郭沫若在纪念高尔基的时候，把高称为自己精神中的维他命，说自己最喜欢他的勇于批判自己。高尔基自谦地说自己的名剧《底层》含有毒素，这种勇敢的自我批判精神，被郭沫若十分合理地反复运用，在不同时期，郭沫若对自己进行不同的检讨总结，结果他总是立于不败之地。高尔基在中国的影响多种多样，不同的人，不同的年代，高尔基都是任人打扮的小姑娘。"文化大革命"中某个时期，重提"走出彼得堡"便是一个著名的例子，恰如"批林批孔"一样，报纸上大张旗鼓，头头是道，振振有词，而事实却是，很多人始终被蒙在鼓里，不知道究竟要干什么，列宁要高尔基走出彼得堡的真相从来就没有被真正提示过。

高尔基的巨大影响，和总是有人想利用他分不开。最新的高尔基研究成果表明，一九二八年高尔基回国，是他成为统治阶级工具的开始。当事人也许并没有察觉，但是事实上，他却是一去不回头，从此身不由己。似乎有一只无形的手，操纵着高尔基的造神运动，他的地位扶摇直上，不仅在社会主义国家苏联，而且风行全世界一切有左翼文学运动的地方。根据不完全的统计，从一九二九年起，至一九四五年，在中国出版的高尔基传记不少于十种，形形色色的研究资料更多，一九四二年在罗果夫的主持下，《高尔基研究》作为一种刊物，前后竟然出了三十期，想象一下战时的艰苦条件，这简直就是奇迹。一九四七年起，在罗果夫和戈宝权的合编下，又出版了《高尔基研究年刊》，这又是其他外国作家享受不到的特殊礼遇。

一九四八年，罗果夫谈到高尔基在中国的影响时，很遗憾没有将上演过的剧本编目整理出来。考虑到三四十年代的话剧运动热，既然已经翻译出版那么多的高尔基作品，统计上演剧目注定是一件很吃力的事情，也许太多了，根本就没办法统计。附带说一下，高尔基的名剧《底层》，作为剧本在中国出版，截至一九四九年十月，译本少说也有七八种之多。我的父亲生于一九二六年，作为一个作家，谈起高尔基对他的影响，总有一种说不清楚的感觉。高尔基的名字老是在耳边不断响起，他老人家是社会主义现实主义文学的奠基人，巨大的影响力到后来差不多都聚集在这一点上。但是，显然存在着一个很大的空洞，起着指导作用的高尔基和实际的高尔基，仿佛是两个不相干的人。中国作家很自然地面临了一个尴尬处境，高尔基让别人写社会主义现实主义，而自己真正的代表作，却与此无关。父亲喜欢和熟读的高尔基作品，恰恰都是浪漫主义，他曾很坦率地对我说过，《伊吉尔老婆子》是一篇非常不错的小说，而《底层》的确是个好剧本，可是在五六十年代，一个中国作家无法模仿这些东西，对于社会主义现实主义文学来说，这种文本毫无用处。

三

高尔基天生应该成为明星似的人物，在一开始，他就是小说中的人物。一八八七年的冬天，十九岁的高尔基买了一把廉价的老式手枪，对自己的心脏开了一枪。劣质手枪救了他的性命，报纸上报道了这条消息，并宣布他的伤势很危险。据说高尔基留下的遗言，是：

　　我的死亡归咎于杜撰出心痛病的德国诗人海涅，为此，我交出一份专门准备的文件。请求将我的遗体解剖并检查是什么鬼东西近来在我身体里作怪。

　　这种传奇引人入胜，在我的阅读记忆中，有关高尔基的故事，大都是这种带有浪漫色彩的轶闻。对于他的作品也是如此，我喜欢那些带有流浪汉自传色彩的小说。不妨重温一下他的简历，十岁时，去鞋店当学徒，十一岁，在远亲的画店里当学徒，以后又当过水手，卖过神像，在剧院里跑过龙套，做过园丁，做过看门人，当过合唱队的队员。这些都是他自杀以前的事情，也是作家应该体验生活常常要举的一个例子。是文学拯救了高尔基，他开始写作活动，像一颗流星一样从天空上划过，一下子极度刺眼地照亮了整个文坛。和高尔基取得的荣誉相比，诺贝尔文学奖或许算不了什么。一九〇二年高尔基就被选为皇家学术院的荣誉院士，因为沙皇尼古拉的反对，被取消资格。为此，柯罗连科和契诃夫愤而辞职，退还了自己的荣誉院士称号。

　　高尔基还是一位老资格的革命家，早在十月革命的十五年前，就认识了列宁。不止一次坐牢、被通缉、流亡，关押过他的牢房，今天仍然是俄罗斯著名的景点之一。他总是和传奇故事有关，中国爆发了义和团运动，八国联军气势汹汹直扑北京，在这样的背景下，高尔基突然动了要去中国的念头，他约了契诃

夫，一心想到中国旅行，在给契诃夫的信中，他以十分热烈的
口吻说：

> 到中国去的念头把我征服了。我非常想到中国去！
> 我很久以来，都没有像这样强烈地愿望过什么事。

契诃夫回信拒绝了去中国的请求，他可没有高尔基那么浪
漫，告诉对方自己即使去，也只能是作为一名军医。契诃夫由医
生改行当了作家，他的回答不无幽默，并且打消了高尔基的念
头。然而高尔基对中国的关怀没有到此为止，辛亥革命后的第二
年，他写信向已经下野的孙中山约稿，称孙为希腊神话中的一位
英勇无双的英雄，希望他能谈一谈对欧洲特别是对俄国的看法。
这封信或许是没有收到，或者孙中山身边一时没有懂俄文的人，
反正此事不了了之，后人能见到的只是高尔基自己留下的副本。

高尔基是一个很容易当真的人，在后来的苏联作家代表大会
举行的一次宴会上，为了调节气氛，小说家阿·托尔斯泰在讲台
上说了几句笑话，内容无非是调侃作家，等他走下讲台，来到高
尔基身边，高尔基让他坐下，带着很生气的口吻说："见你的鬼，
我真想用盘子打碎你的脑袋！"他是真的生了气，作家这样神圣

的称号，在高尔基看来，开不得半点玩笑，在这方面，他似乎没有任何幽默感。另一个例子也很能说明问题，这是高尔基和契诃夫之间的一次戏剧性的遭遇。时间差不多就是邀请契诃夫去中国旅行前后，有一天，高尔基去看契诃夫的话剧，演出开始，观众发现了坐在包厢里的高尔基，于是在幕间休息时，崇拜他的观众拥了过去，一定要高尔基亮相，人越聚越多，最后竟然引发了骚乱。面对这些追星族，高尔基勃然大怒，怒斥他们太不像话，说自己既不是美女维纳斯，也不是芭蕾舞演员，更不是落水鬼和怪物。

先生们，这是不好的。你们使我在契诃夫面前很难堪。要知道演的他的剧本，不是我的呀。而且又是那么美妙的剧本。契诃夫自己也在剧院里。丢脸！真丢脸！

帕斯捷尔纳克称高尔基是"洲际人物"，这显然不是恶称。苏联作家同行中，真正像索尔仁尼琴这样对高尔基持否定态度的人，毕竟占了少数。客观地说，高尔基的文学成就，早在十月革命之前就定了性，就已经有了定评，他既是社会主义文学的奠基人，同时也如阿·托尔斯泰赞扬的那样，是"俄国的最后一位经典大师"。苏联这名称是一九一七年十月革命之后的事情，而高尔基早在一九〇一年就产生了广泛的世界性影响，他的作品当时已经被大量地翻译，欧洲任何一种语言的译本都已出版。无论是老年的列夫·托尔斯泰，还是盛年的契诃夫，都对年轻的高尔基十分看好。高尔基的作品给世界文学带来了很强的冲击力，他年纪虽然不大，却已经差不多是公认的大师了。

　　我在许多文章中，读到了高尔基喜欢哭的细节。俄罗斯作家总是喜欢朗读自己的作品，无论是新完成的短篇小说，还是给演员介绍自己的剧本，他永远是一边读，一边流眼泪。在打动别人之前，他永远是先打动了自己。不仅自己的作品让他感动，别人的小说也很容易让他掉眼泪，因此，某位作者的某篇小说让高尔基哭了，并不是什么了不得的奖赏。有人甚至说高尔基读什么样的作品都可能眼泪不止。有一次，高尔基在台上演讲，说到老托尔斯泰，想到他已经去世，不由得失声痛哭，结果不得不捧着脸跑下台，哭上一阵，然后才能继续演讲。再也找不到像他这么容易流眼泪的家伙，老托尔斯泰逝世让他痛不欲生这不奇怪，当听到老托尔斯泰离家出走的消息以后，高尔基也会像孩子一样失声痛哭一场。事后他自己都感到莫名其妙，因为他们的思想根本就不一致。老托尔斯泰提倡"勿以暴力抗恶"，而高尔基的信念，则是"我来到这个世界上并不是为了妥协"。不妥协是高尔基终身保持的一种姿态，尽管这种姿态后来越来越受到别人的质疑。张冰在《白银悲歌》中，曾就高尔基的爱哭，写过一段很有趣的文字：

> 高尔基曾经说过：他只有当自尊心受到伤害时才掉泪，然而，实际上，他掉泪远不止于自尊心受挫这一种场合。有一次和孩子们看电影，当看到影片中一个扳道夫的狗崽子躺在铁轨上睡着了，而一列火车正轰隆隆地开过来，狗妈妈见此情景，撒开腿拼命迎着飞驰而来的机车，跑去解救小狗时……高尔基又落泪了。在那一刻他想到了什么？是母爱吗？也许是吧。散场时，对着孩子，高尔基不好意思了，解嘲地说，对于制片商来说，他大概算一个好骗的观众了。

一九○八年，高尔基断然拒绝了让他参加老托尔斯泰八十岁诞辰的邀请，在后人看来，这是一桩非常无礼的行为。然而，极左横行的年代里，他的这一行为，又被赋予了一层特殊的战斗色彩。高尔基对老托尔斯泰说过那么多的赞美之词，他写的回忆托尔斯泰的文章，至今仍然是同类文章中最优秀的篇什。他的确也说过一些不太尊敬的话，他说老托尔斯泰喋喋不休说教，正在把年轻伟大的俄国，变成一个中国式的省份，把年轻的有才能的人民变成奴隶。他说托尔斯泰虽然把世界文学的目光移向了俄国，但是也带来了不好的东西，那就是让人民不要抵抗，放弃暴力。高尔基的这一拒绝显然是被误会了，夸张了，甚至有些恶意的利用，其实这不过是高尔基戏剧性的一次即兴表演。多少年以后，利用高尔基来批判老托尔斯泰，一度成为高校文学课程中一个重要的章节。高尔基变成了一个单纯的革命者，成了阶级斗争的简单工具。

四

高尔基留下了太多的轶事趣闻，有些不乏黑色幽默。一九二一年，新生的苏维埃俄国面临饥荒，一位初学写作的女诗人来找高尔基，目的是为自己的儿子谋求一份配给的牛奶。高尔基当即写了一个条子，为确保条子有效果，他认真地在上面补了一句，说这孩子是自己的私生子。有一位公爵的遗孀让高尔基打听自己被捕的儿子的消息，高尔基告诉她一个喜出望外的消息，她的儿子不仅没有被枪毙，而且还在写诗，因为这些诗刚寄给他。公爵遗孀信以为真，一心等着儿子回来，等着儿子的诗歌能够出版，真相却是这年轻人早已不在人世。

新的研究资料，充分证明了作为一个人道主义者的高尔基的另一面，它揭示了一个过去不太被中国人注意的事实真相。一九二一年，高尔基离开了苏联，过去的说法是列宁关心他的身体，让他出国养病，很多文章中都提到列宁的这些话：

> 您已咯血，竟然不肯走！这实在太过分了……到欧洲找一所好的疗养院医治，并可加倍做一些事情。

多少年来，列宁的这些话，一直是革命领袖关心作家的依据。事实却是，高尔基过多地干涉了苏维埃的工作，利用当局对他个人的尊重，没完没了地扮演慈善家的角色。他显然走得太远，新的革命政权已经无法容忍，因此最好的办法就是礼送出境，让他"走出彼得堡"。高尔基终于又一次走出国门，在沙皇时代，他流亡过，现在他又要走了。在站台上，司机和司炉听说是高尔基，非常渴望能见见他，高尔基激动地握着他们粗糙的黑手，当着送行的人群，泪如雨下，号啕大哭。

　　这一走，就是七年多，有些数据过去我从没有注意到，这就是作为社会主义现实主义文学奠基人的高尔基，在十月革命胜利后的大多数日子里，并不居住在苏联。一九二八年，高尔基这位已经六十岁的老人，再也忍受不了思乡之情的折磨，踏上了回国的旅途。他受到了规模空前的欢迎，乘坐的列车刚入国门，便有边防军人向他致以热烈欢迎，接下来，一路都是没完没了的欢迎仪式。列车在深夜抵达明斯克，车站和相邻的大街上，挤满了激动的人群。最后，在莫斯科，布置了盛大的仪仗队，党和国家的高级领导人毕恭毕敬地等候在那里，"人们迎接的不是一个普通的人，甚至不是一个作家，而是正逢纪念日的神"。

　　高尔基回国成了共产国际中的一个重要事件。在列宁时代，高尔基走了，现在是斯大林时代，高尔基又回来了。虽然高尔基只是回来看看，他的家还在意大利，随时随地可以离去。他成了当局最尊贵的客人，斯大林似乎很在乎别人怎么看待他和革命文豪的关系。高尔基逝世以后，一位画家在卫国战争的炮火中，花了三年时间，以斯大林去看望高尔基为题，画了一幅"领袖和高尔基"，因此获得国家文艺奖。由于斯大林的关照，高尔基一跃成为苏联最重要的人物，一座以高尔基命名的城市诞生了，时至今日，高尔基市仍然是俄罗斯的第三大城市。他个人的名声和地位，一下子达到顶点，正像芝加哥出版的一份报纸上报道的那样：

> 在俄罗斯作家中，还没有哪一个能像高尔基那样受到国家如此隆重的礼遇，就连传统上称为官廷作家、官廷诗人的作家和诗人都没有享受过……至于别的作家和诗人，那就更不用说了。他们当中的大多数是迫不得已才在异国他乡消磨自己的时光，或者说，他们并不愿意离别祖国、遭受压制和种种痛苦。

早在一九一七年十月革命前夕，斯大林就说过这么一番话：

> 俄国革命使许多人威信扫地。同时，这一革命的巨大威力还表现在不拜倒在任何"名人"的脚下，或者让他们效力，或者让他们灭亡，如果他们不愿意向革命求教的话。

斯大林死后，特别是苏联解体之后，对高尔基的评价，回响着两种截然不同的声音。那种对高尔基大唱赞歌的颂辞，早已不复存在，存在的只是要不要彻底否定高尔基。持坚决态度的人开始占上风，因为高尔基显然是被利用了，作为一个作家，作为一个革命的人道主义者，他成了瞒和骗的工具。简单化的完全否定，有利于人们发泄一种情绪，那就是对长期以来被掩盖的种种残酷真相的惊叹。只要想想这样一些数据，我们的心脏就会不寒而栗。漓江出版社在一九九八年出版了《高尔基传——去掉伪饰的高尔基及作家死亡之谜》，这部由当代俄罗斯著名的高尔基研究专家在一九九六年写的书中透露，斯大林统治时期的苏联，杀的人远远地超过了希特勒对犹太人的屠杀，而在一九三六年高尔基死后的一年内，苏联死亡的作家竟然多达一千多人，这些数字不是想当然，是经过专家论证的。

在上面提到的这本书中，作者以最新而有力的档案材料，考证高尔基并不是自然死亡。有关高尔基的死因，自从他咽气以后，就有过各种不同的传闻。自然死亡的说法一直受到怀疑。高尔基死后才两年，负责治疗的医生便被抓起来，罪名是他们在别人的指使下，杀死了社会主义文学的奠基人，而指使他们行动的是托洛茨基和布哈林。这个结论曾让苏联人民非常愤怒，一致认为杀害革命文豪的凶手十恶不赦。历史已经充分证明这些都是凭空捏造的不实之词，是欲加之罪，何患无辞。很多人都同意高尔基并非自然死亡，现在，一些专家更倾向于认为想要除去高尔基的，恰恰是作为伟大领袖的斯大林本人。越来越多的材料证实，晚年的高尔基和斯大林之间的关系并不融洽，事实上，高尔基已经处于一种被软禁的状态。在最后的几年里，高尔基不仅回不了意大利，他的一举一动都受到克格勃的监视。

高尔基遭到后人指责的最重要的理由，是失去了作家的良心，掩饰了苏维埃俄国的真相。他写的一组关于索洛维茨基劳改营的文章，是永远抹不去的耻辱。此外，他撰写的《"文化巨匠们"，你们跟谁在一边》，特别是《假如敌人不投降，就消灭他》，成了斯大林文化清洗最有说服力的金字招牌。"敌人不投降，就消灭他"，成了广为人知的行话，成了日常生活用语。在客观上，高尔基被最大限度地利用了。和资本主义社会的作家相比，晚年的高尔基失去了一个作家应有的批判精神，在红色的三十年代里，全世界作家都在批判资本主义，高尔基却在掩盖苏维埃俄国的真相，而这种掩盖的后果是十分严重的。

五

如果能证实高尔基死于克格勃之手，或者说能证实他的死对斯大林政权有利，这对恢复革命文豪的个人形象有着极大帮助。

老托尔斯泰曾对高尔基谈起过生活中遇到的两件事。在一个百花盛开的春天里，大地像一个乐园，小鸟在歌唱，一切都那么美好，正在散步的托尔斯泰突然看见路旁灌木下，两个灰色肮脏的老人，一男一女赤裸着，像小虫一样蠕动在一起。还有一次，是在秋天的莫斯科，一个喝醉酒的女人很不像话地睡在人行道上，一道污水正从她脑袋下面流过，她口里喃喃地说着什么，想爬起来，又跌倒在污水里，她的小儿子，一个金头发的男孩，在一旁伤心地哭着。这两个场景都让老托尔斯泰感到非常难过，觉得"只有人才能感觉到加在他肉体上的这种折磨的全部的羞耻和恐怖"，他十分伤感地说：

> 肉体应当是精神的驯服的狗，服从着精神的差遣，而我们呢，我们怎样生活呢？肉体骚动着，反抗着，而精神却悲惨地跟着它跑。

接下来，托尔斯泰和高尔基开始了一段很认真的对话，讨论是否该在文学作品中描写丑陋的现象，高尔基的答案显然是肯定的，托尔斯泰却感到非常犹豫，他哆嗦着喊着上帝，说你不要描写这个，说这是不应当写出来的。但是他很快又流着眼泪纠正了自己的观点，他承认高尔基的想法是对的，什么都应该写出来，否则那个金头发的小男孩会责备作家，说作家写的都不是真实的东西。真实是艺术的生命，失去了真实，也就失去了一切。

也许高尔基并不是真心想掩盖什么，他努力过，试图了解更多的真相。在莫斯科，为了不让别人认出来，他化了装微服私访。在苏维埃俄国，他走了那么多地方，到处考察，到处听取意见，问题的严重性在于，他看不到任何不该让他看到的东西。他已经是一个六十岁的老人，容易激动，病歪歪的，很轻而易举地就可以将他骗过。在晚年，高尔基所阅读的一份《真理报》，甚至也是有关机构专门为他印制的。这有点像袁世凯称帝时的情景，为了让老袁知道人民如何拥护他做皇帝，专门印了假的《顺天时报》给他看，因为当时北京的其他报馆接受政府津贴，都昧着良心说好话，只有《顺天时报》予以猛烈抨击，手下怕老袁不高兴，便玩了这花头。

说高尔基什么都不知道，并不能拯救他的声誉，而且也不可能什么都不知道。研究者显然找到了他保持沉默的证据，此外，就算他都说了出来，究竟又会有多大的效果。早在十月革命前后，高尔基就用自己的嗓门大声呼喊过，新出版的《不合时宜的思想》是这方面的有力证据，这本书在一九一八年曾经以小册子的形式发行过，然而以后一直被严密封存，无论是俄文版三十卷本的《高尔基全集》，还是我国人民文学出版社出版的二十卷本的《高尔基文集》，都见不到一篇《不合时宜的思想》的文章。这本不合时宜的书直到一九八八年才在苏联重见天日，此时离它最初发表的日子，已经整整七十年。重读《不合时宜的思想》，不能不对高尔基刮目相看，恰如中文译本封底上的广告词说的那样：

> 高尔基是一座森林，这里有乔木、灌木、花草、野兽，而现在我们对高尔基的了解只是在这座森林里找到了蘑菇。
>
> 《不合时宜的思想》表现了一个伟大的人道主义者大胆、复杂、深邃、隐秘的思想。没有了这些，我们看到的只能是一个被阉割了的、被片面化的高尔基。

苏联人民希望高尔基在红色的三十年代，能像资本主义国家那些保持批判姿态的优秀作家一样，发出一个健康的人道主义者的声音，希望他不仅是歌颂社会主义，同时也要批判这个制度下的种种弊端。这是一个伟大作家的责任之所在，作家是发出噪音的乌鸦，而不是粉饰太平的鹦鹉。《不合时宜的思想》对高尔基的声誉确实起着拯救作用，如今，研究者正在试图从各种途径寻找对高尔基有利的证据，从高尔基留下的大量从未问世的私人信件中，发现他不愿和当权者合作的蛛丝马迹。毫无疑问，高尔基是被斯大林最大限度地利用了，但是能够找到一些他的对抗，他的消极怠工，他的牢骚和愤怒，也许仍然不失为一件有意义的事情。

以一个领袖的作风来看，再也找不到一个人会像斯大林那样，把作家提高到了离谱的地位。斯大林把作家称为"灵魂的工程师"，他似乎很在乎利用那些已经名声赫赫的作家，在他的客人名单中，有一大批走红的当代作家，譬如德莱塞、茨威格、萧伯纳、威尔斯、马尔罗、纪德、阿拉贡、巴比塞，这样的名单可以写出一长串。据说斯大林如此礼遇高尔基，一个很重要的个人野心，就是让高尔基写一本《斯大林传》，自从高尔基回国，斯大林就开始盼望这本书能够问世。高尔基显然让斯大林相信了，这是他创作计划中一定会写的一本书，然而却迟迟地见不到一个字。

斯大林和高尔基都有一种被对方愚弄的感觉。对高尔基，斯大林保持了最大的克制，这是一件很不容易的事情，谁都知道斯大林是个说一不二的人物。高尔基回国以后，带有极左思想的"拉普派",立刻对他发动了文化围剿,从时间上看,正好和中国当年的"太阳社"提倡革命文学,围剿鲁迅如出一辙。显然"拉普"的思想跟斯大林更接近,但是他毫不犹豫地惩治了他们,称他们的举动是"胡作非为","从根本上与工人阶级对伟大的革命作家高尔基同志的态度背道而驰"。斯大林在高尔基身上保持了最大的克制,这个铁腕人物对他常常网开一面,不过,克制毕竟是有限度的,极限迟早会被突破。

六

人们似乎更愿意相信,晚年的高尔基和斯大林处于尖锐对立的状态。在今日俄罗斯的高尔基世界文学研究所,以及作为整体的两个部分之一的高尔基故居,工作人员会向来访者大谈高尔基最后如何和斯大林斗争。他们会告诉你,斯大林的特工人员谋害了高尔基的儿子,晚年的高尔基一直处于被软禁的状态,护士和情妇都是克格勃,他的一举一动都在监视之中。从表面上看,高尔基获得了一切,名誉、地位、亿万富翁的豪宅、美丽的女人,但是他失去了最宝贵的自由,而且更糟糕的是,他最后竟然被谋杀了。

　　参观高尔基故居，并不是件快乐的事情，这里阴森森的，高大的书橱里放着毫无生气的书籍。一个以整块大理石雕成的楼梯直通二楼，据说高尔基很不习惯这栋豪宅，一直像卡夫卡一样地生活着，总待在某个角落里不肯动弹，工作人员会告诉来访者，说他和生活在墓穴里没什么区别。无论是在故居，还是在高尔基世界文学研究所，都会有一种沧桑之感。昔日的辉煌一去不返，这里一度曾是世界文学的中心，是社会主义现实主义文学的大本营，可是现在却是又潦倒又破败。高尔基在生前已经过多地预支了他的荣耀，现在该是他走下神坛的时候了。

　　甚至走进厕所也能看到这种颓败，没有现成的卫生纸供应，纸盒里只有撕成小片的过期报纸，而且还是彩色的，自来水龙头在漏水，墙壁的石灰层在剥落。这里的工作人员正顽强地坚守着最后的阵地，在研究所的档案室里，收藏着大量的高尔基档案，多得似乎永远也清理不完。高尔基是这个机构的注册商标，是一项专利，工作人员兢兢业业，大家都在努力维护着高尔基的形象，作为文豪的高尔基已经不复存在，然而作为一个人，一个人道主义者的高尔基，正悄悄浮出水面。高尔基不再仅仅是海燕，是丹柯，是母亲的儿子巴别尔；和遭到清洗死于非命的那些苏联时期作家一样，他也是受难者，是世纪长卷中一个令人咀嚼的悲剧性人物。

　　在高尔基故居徘徊时，我就意识到自己有一天会为高尔基写些东西，毕竟他给过我文学的养料。《伊吉尔老婆子》《二十六个和一个》《红头发的瓦西卡》，这些出色的短篇，加上他的自传三部曲，曾陪伴着我度过了青少年时代最寂寞的一段日子。这毕竟是一个影响过我祖父一代人，影响过我父亲一代人，也影响过我的作家，时过境迁，随着苏联帝国的崩溃，在对高尔基的一片唾弃声中，我忍不住想站出来说几句话。人生免不了误会，高尔基的一生充斥着误会，这些误会被利用，被戳穿，最后还可能继续产生新的误会。问题的关键在于，人类究竟需要一些什么样的误会，因为误会的根源，说穿了还是在我们自己的内心。如果我们仅仅是徘徊在造神和弑神运动之间，永远简单地说"是"或者"不"，在推倒了革命文豪之后，完全可能被新的革命或不革命的文豪所迷惑，在挣脱旧的木枷锁之后，又戴上一副新品牌的不锈钢手铐。

二〇〇〇年一月九日初稿　碧树园

围城里的笑声

一

电视连续剧《围城》开播，我的一个同学在广播电台做事，那时候还没有提升台长，工作十分卖命。《围城》走红荧屏，同学便把我硬拽到直播室，让我为听众侃《围城》，这是一次非常尴尬的遭遇，面对话筒，我不知要说什么，最后只好结巴着念了一篇带去的旧文章，为了有直播效果，不得不把原来还算通顺的句子读断。从直播室出来，同学把我臭骂一通，说这学问怎么做的，平时聊天的劲儿都到哪里去了。从此，我再也不敢轻易和别人谈《围城》，更不敢卖弄有关钱钟书的故事，人贵有自知之明，我知道自己口拙，而且反应极慢，《围城》这样的书，钱钟书的学问，不是可以随便谈的。

为了《围城》，我花过太多精力，有好几年，这本书始终在床头放着，临睡前必读一会，像玩熟的扑克牌，想翻到哪个细节立刻手到擒来。我不是个做学问的人，但是确实也做过一段时间死学问。为了学位，我花了很多时间读现代长篇小说，这是一个很无趣的工作，因为好的小说实在太少。我很有耐心地为长篇小说做了一个年谱，从宏观的角度而言，对现代长篇小说的发展有个很直观的印象。我还读了大量的旧报纸、旧杂志、现代文学中的重要刊物，只要能找到，都过堂似的翻阅。图书馆是个大坟场，做死学问的书呆子，有时候就像一个掘墓人，把一个个已经入土为安的作品重新发掘出来琢磨。说《围城》是部好小说，并不是空口说白话，它是一个比较的结果。当你读了那么多味同嚼蜡的小说以后，《围城》的清新气息是一种很好的体验。

八十年代初期的钱钟书并不像今天这样有名，即使到一九八三年，我决定以研究《围城》为学位论文时，许多老师仍然觉得这个题目分量太轻。《围城》的火爆是后来的事情，在当时，钱钟书还属于小圈子里的作家，一些正统的从事现代文学教学的人，不仅没有看过《围城》，甚至连听都没听说过钱钟书。台湾版夏志清先生的《中国现代小说史》，正通过非法渠道进入大陆，这本书在学生中间偷偷流传，寒窗苦读的莘莘学子顿感耳目一新，夏先生的观点救活了一批不入正史的作家，使得出口转内销成为一种时髦，那些差不多已经被人遗忘的现代作家，像沈从文，像张爱玲，包括钱钟书和师陀，他们的作品正顽强地从坟墓里走出来，开始被一些人提起，重新成为话题。

二

《围城》成为一个神话，引起人们的广泛兴趣，仍然是稍后的事情。粉碎"四人帮"以后，作为中国学人的代表，钱钟书有机会出国参加了几次汉学会议，在这些会议上，钱钟书出众的外语才能发挥得淋漓尽致，他能用英语，用法语，用意大利语做大会发言。这是个了不得的传奇，同样是作家，东西方人态度完全不一样，一个西方作家可以根本不读东方的作品，但中国的同行这方面便有些心虚，很难找到一些坚决不读外国小说的中国作家。有时候，西方的月亮硬是比中国圆。会多种外国语言，不仅是了解西方文化最有力的佐证，而且是让人不得不服气的本钱，差不多与此同时，《管锥编》出版了，这是四卷厚厚的让人瞠目结舌的著作，人们不得不抬着头，带着崇敬的表情读这套书。《围城》的作者有着太多的学问背景，古今中外无所不通，他给人的印象，是一个圈子之外的高手，突然不动声色地杀入小说界。虽然是一本写于四十年代的旧作，但是在八十年代初，它充满了全新的意义，当时是伤痕文学风行的年代，《围城》在一开始就不同寻常。

并不是所有阅读过《围城》的读者，都觉得这是一部了不得的作品，有人觉得它过于油滑，觉得作者太喜欢卖弄学问，不止一个人对我表示过失望之情。钱钟书的来头太大名声太响，期望值过高，看了《围城》以后，难免产生一种不过尔尔的沮丧。一本书是否精彩，向来是因人而异，仁人见仁智者见智，从阅读的角度来说，《围城》有一个很容易导致失败的开局，除了太多插科打诨之外，方鸿渐在一开始就和鲍小姐勾搭在一起，读者总免不了产生不愉快的心情。很多人对《围城》的格调是否真正高雅产生怀疑，一部好小说似乎绝不应该这样开始，男主角为什么一出场就显得如此轻薄草率。据说在改编电视连续剧的时候，杨绛便表示过不妨删掉有关鲍小姐的这段戏，她意识到观众可能会有的反感，对上来就偷鸡摸狗会感到不习惯，既然男主人公并不是一个反面角色，有什么必要刚亮相就糟蹋他的形象。

读者不一定都有道学气，习惯了传统喜剧，再阅读《围城》，总觉得有些别扭，为什么一部饮誉中外的作品，会如此不正经不严肃。方鸿渐最初给人的印象，是一个在国外什么也没学到，买了假文凭回国蒙人的小丑，一举一动以及引起的一连串笑声，都沿着传统喜剧的路子往前走，走着走着，方向突然改变，一下子变得找不到北。譬如和鲍小姐的这场戏，颇有些像好莱坞的电影，男女人物三言两语，经过几个小场景过渡，迫不及待地上了床，从认识到结束，速度之快，大大出乎读者预料。这个细节有些俗气，足以使方鸿渐成为"品德完全不可取的形象"，它为理解人物设置了难度，如果继续按喜剧的路子走，立刻会发现此路不通。

方鸿渐很快又被鲍小姐遗弃，为此，他的心口隐隐作痛，想到自己毕竟是男的，于是又很轻易产生"并没有吃亏，也许还占了便宜"的活思想。这种活思想大有学问可做，颇值得玩味，既然不觉得吃亏，为何心口隐隐作痛。《围城》的狡猾在此初露端倪，一个大俗的细节后面，显然藏着一种不同寻常的情绪。方鸿渐心口的疼让人想起哈代的长篇《苔丝》，如果排除男人一定占便宜的传统心理，方鸿渐的被鲍小姐引诱，和纯洁的处女被经验老到的男人诱奸便如出一辙。男人被诱奸也许并不是从《围城》才开始，细心的读者不难发现，鲍小姐不过是一个情欲旺盛的女子，既然已经堕落，再增加一次顺便的性行为根本算不了什么。

方鸿渐只是她遭遇的无数男人中的一个，在这场性交易中，失贞的只是方鸿渐，他好歹还是个处男，是第一次性体验，虽然写得滑稽，却是一个很严重的事件。方鸿渐在国外把什么东西都丢了，唯一没失去的只是男人的贞操，然而这点可怜的东西，也在踏入国门之际，不当一回事地丢弃了。

只是一个小细节，《围城》便从喜剧演变成了正剧，只有理解这个细节，才能把握住进入《围城》的钥匙。《围城》显然不仅仅是一本好玩的书，它的突出特征，是用喜剧的气氛来传达悲剧的意识，正如单行本问世之初的广告指点的那样：

零星片断，充满的机智和幽默，而整篇小说的气氛却是悲凉而愤郁。

钱钟书别有用心地设计了这么一个开局，男女既然平等，女人所能遇到的问题，男人同样可以遇上。失贞并不是女人才有的专利，这个观点让我们有了另一副眼光看待人际关系。问题的关键是给人物一个什么样的起点，不同的起点反映作者不同的态度，方鸿渐衣锦还乡，应邀为县立中学演讲"西洋文化在中国历史上之影响及其检讨"，他在演讲中大出洋相，把海通几百年来西方文明对中国的影响，归结为鸦片和梅毒。这个结论不仅使小说中的听众大笑哗然，也使小说之外的读者忍俊不禁。相仿佛的例子还可以找到两则，一是在英国剑桥念文学的曹元朗当众贡献的《拼盘姘伴》，这首歪诗不仅不通到了不知所云，而且用小说主人公的话来说，"并不是老实安分的不通，他是仗势欺人，有恃无恐的不通，不通得来头大"。还有一则是奉命到英国去研究导师制的视学先生的训话，他的训话毫无精彩可言，不过是平均每分钟一句半"兄弟在英国的时候"，他要求教师"当学生的面，绝对不许抽烟，最好压根儿戒烟，可是他自己并没有戒烟，茶馆里供给的烟，他一支支抽个不亦乐乎，临了还装了一匣火柴"。

学成归国成了不学无术的大笑话，三次当众表演，在搞笑上并没有太大区别，不同的只是起点。起点不同，结果也就不同，方鸿渐的可笑在于过分玩世不恭，他知道自己可笑，知道自己是在出洋相，自以为是的胡说八道，建立在自以为不是的心理基础上。作者对方鸿渐的感情，与对曹元朗和视学先生完全不一样，对后者用的是传统喜剧手法，是讽刺和挖苦，带有明显的厌恶，对于前者虽然也有讽刺之义，然而却没什么太大的敌意。"只有当丑力求自炫为美的时候，那个时候丑才变成了滑稽"，同样，只有意识到自己的可笑，人们才有可能使可笑变得不可笑。方鸿渐在演讲时，清醒地意识到自己是"只有大胆老脸地胡扯一阵"，因此，实际上他不仅是被嘲弄者，同时也是一个嘲弄者。

三

钱钟书为《围城》的男主角安排了这样一个起点，他既不是值得歌颂的英雄，也不是应该嘲讽的小丑。作者希望读者以平视的目光注视方鸿渐，这种视角在今天已完全不新鲜，但是在新文学作品中，却是一种值得注意的讯号。《围城》里充满笑料，和以往的作品相比，和同时期的新文学作品相比，它开始了一种全新的笑声，分析这种笑足以写一篇很长的文章。中国传统小说从来不缺乏笑，在晚清谴责小说里，笑是一把锋利无比的小刀子，直指人间万象。五四以后的新文学作品中，笑仍然是有力的武器，通常情况下，笑总是意味着一种批判。死到临头的阿Q为画不好圆圈感到懊恼，这个小细节曾为研究者广为称赞，"含泪的微笑"一度也成为时髦的评论术语。对小人物的同情成为衡量作家良心的一种依据，哀其不幸，怒其不争，是新文学作者很重要的一个写作观。不管怎么说，笑是批判也罢，笑中间包含同情也罢，作者和人物的关系，总免不了居高临下。

　　五四以来的作家，很少没有理性的立足点，无论讽刺还是怜悯，都摆脱不了说教的架子。由于理性判断的实际存在，绝大多数现代文学作品有意无意洋溢着一种优越感，因为写作者在智力上，显然比他所描写的对象高明。作者有这种优越感，与之相对应的读者，也同样存在优越的感觉。夏志清谈到新文学传统，曾给予"悲天悯人"的精神很高评价，这种评价也可能是客套话，隐隐地表达了另一层意思，或许在艺术上，新文学的总体水平并不是很高，值得肯定的，只是新文学作者的入世态度。其实，即使是作为新文学阵营对立面的鸳鸯蝴蝶派，在他们的小说作者笔下，悲天悯人的语调也经常出现。我记得周瘦鹃的一个短篇小说，结尾时，作者便赤裸裸地自问自答："这是谁的错，我看是封建制度的错误？"在张恨水的小说中，这种所谓关怀人生的思想性更多，他没完没了地诉说着那些委婉的故事，执着于凄楚的爱情遭遇，然后随手贴上反封建反军阀的标签。

　　以进化论的观点来看新文学，将会有一些很惊喜的发现。从一九一八年的文学革命，到一九四九年，小说的发展可喜可贺。道路是曲折的，但是上升的趋势显而易见，三十年代比二十年代强，四十年代和三十年代相比更有进步。我们给鲁迅小说一个很高的评价之际，同时也在说这时期的小说实际水准不怎么样，因为鲁迅不多的小说，能够久久地立于二三十年代小说的顶峰，本身就很能说明问题。或许是起点不高的缘故，新小说有太多的上升空间，小说作者只要稍加努力，就有可能将小说的水准向前推进一步。仍然以鲁迅为例，从前期的小说集《呐喊》到后期的《彷徨》，存在着明显的艺术进步，后来的研究者更多的是从思想史出发，因此得出一种完全相反的结论不足为奇。如果为学生讲解辛亥革命，《药》无疑是最生动的教材，讲到反封建，自然会提到《狂人日记》，然而就小说论小说，鲁迅最好的短篇，却应该是收在《彷徨》中的《在酒楼上》和《孤独者》。

整个五四时期的小说也是这样，对于一般读者来说，五四时期的文学一片混沌。人们很容易把这时候的文学，简单地和五四运动联系在一起，其实五四运动就热闹了那么几天，说过去就过去了，而所谓五四时期，一直可以延伸到一九二七年大革命结束前夕。这时期的文学同样可以用鲁迅小说集的名字概括，也是从"呐喊"到"彷徨"，有一个现象很容易被忽视，那就是我们今天提到的许多五四作品，后期比前期要实在和精彩得多，譬如我祖父的《潘先生在难中》，譬如郁达夫的《薄奠》和《过去》，冰心的《寄小读者》。换句话说，必须等待激烈的呐喊声过去，等待大家的心情平静下来，才是诞生优秀作品的最好时机。作品影响和作品质量不一定成正比，整个新文学时期，这种现象仿佛打摆子一样不断重复。有影响的作品通常出现在"呐喊"期间，精华则主要集中在"彷徨"时代。前一个时期，文学会成为大众关注的焦点，作家更可能一举成名，后一个时期，即使写得确实不错，影响和前期作品相比，也注定小巫见大巫，很难造成广泛的群众影响。

五四时期的文学在走向成熟之际，突然被新兴的革命文学所代替，鲁迅一下子就成了封建余孽。三十年河东，三十年河西，今天时髦的以年代来划分作家，早在几十年前就有样板。左联时期，鲁迅似乎还是主角，仍然是文坛的领袖，但是小说创作方面，他老人家确实有了让贤的意思。鲁迅后来干脆不写小说，成了现代文学史上的一个谜。给左联时期文学一个高起点并不符合实际，这时期和五四时期一样，存在着呐喊到彷徨的过程。或许可以把茅盾的《动摇》挑出来举例说明，这是茅盾最好的小说，他的创作道路和巴金、沈从文正好相反，后者都是越写越好，而茅盾的小说却是起点最高，进步最小。把《动摇》这样的作品当作左联文学的开始是不合适的，从时间上看，好像差不多，内容上也像，说的也是"革命和恋爱"，但是茅盾的一切准备工作，应该属于五四时期，在精神上，它更准确地反映了前一个时期的"彷徨"特征，因此，《动摇》的出色仍然是彷徨时代的结果。很显然，在新生代的革命文学作者的眼里，《动摇》和过了气的鲁迅小说一样并不入流。

三十年代或许是中国文坛上最热闹的年代，热闹并不意味着这时期的文学一定比四十年代强。许多事情不知怎么有了定评，而且从此就难改变，我曾经很小人用心地想过，给左联时期文学那么高评价，会不会和当时的一些活跃分子后来占据文坛要津有关。平心而论，这时期的文学和五四时期一样，存在着明显的艺术进步，而且更多样化，同样是小说，和五四前期的创作相比，有个稍高一点的起点，但是和后期相比，革命文学的兴起，那种空洞泛滥的标语口号，或许是个不无讽刺的大退步。红色的三十年代风行中国，革命和反对资本主义成为文学中的流行词汇，读者显然需要更刺激一些的玩意儿，文章的好坏有起伏，本来是最正常不过的事情，这里绝没有苛求的意思。读者的眼睛是雪亮的，事实上，除了研究文学史的学者，今天已经没有多少人能记得当年风行一时的革命文学代表作。在新文学史上，革命文学和左翼文学并不是一回事，但是有一种割不断的前因后果，不能因为左翼文学运动对革命文学持批评态度，就撇清了它们之间的联系。

仍然以茅盾为例，虽然《子夜》在文学史上有着极高的地位，但是不能不说这是一部十分公式化概念化的作品，它代表的左翼文学的实绩，也暴露了这种文学的弊端。对《子夜》的过高评价，对后来的文学创作起着一种导向作用，它给人造成了这样一种印象，要写作就得像《子夜》这样划时代。很多人都知道《子夜》，相当一部分人却没有看过《动摇》，对一部作品的过誉，有时候会伤害到作者的另一部更优秀的好作品。同样的道理，对于巴金的小说，也有一些很奇怪的判断。不止一次听人说过，巴金最好的作品是《家》，一九三三年到一九四九年期间，开明版的《家》共印了三十版，加上种种盗版，以及一九四九年以后最有影响的人文版，截至一九七七年，其中包含刚过去的"文革"十年，人文版的《家》重新印刷了十五次，庞大的数目足以说明《家》已经或者可能产生的影响。说《家》是巴金最有影响力的作品没有任何疑义，值得商榷的是它是否最好，对于细心的读者来说，这是一个很容易判断的选择题。巴金的小说越写越好，后期作品无论谋篇布局，还是语言对话，显然要成熟得多。成熟当然不一定就是好事，有一种时髦的抬杠子，就是喜欢粗喜欢糙。《家》无疑是一部反封建的教科书，在这部长篇小说中，所有的道理都明摆着，高老太爷象征什么，觉慧觉新象征什么，一一可以对上号。这正好和茅盾的《子夜》相仿佛，谁代表官僚资本，谁代表民族资产阶级，谁代表新生的工人阶级，都是铁板上钉钉，一清二楚。过分强调时代性，也就暴露了时代的局限性，《家》给读者留下这样一种答案，只要推倒封建主义，一切便可以立刻解决，问题的根源既然出在封建社会和封建意识上，因此，社会革命将解决人类的一切问题。

到了四十年代的《寒夜》，巴金的想法就不那么简单了，社会问题仍然是个重要问题，但是作者的思考却更接近人性的深处。这种深入其实是文学发展的必然，在《寒夜》中，形成尖锐冲突的矛盾是两种爱，来自母亲和妻子的不同的爱，给男主人公造成了一种真正的伤害。无论是母爱，还是夫妻之爱，从爱来看都是永恒的，它们造成的冲突不会因为社会问题的解决而消失。有些难题似乎是可以解决的，贫穷、失业、战争、疾病，当这些已经不成为问题的时候，人类性格中的弱点仍然将继续困扰我们。小说主题的深化是四十年代文学的重要特征，而这种深化显然不仅仅表现在巴金一个人身上。沈从文的《长河》、张爱玲的《金锁记》、师陀的《无望村的馆主》和《结婚》，都程度不同地反映出这种趋势。那种简单明了的"呐喊"声已不复存在，代替的只是对"彷徨"的无可奈何和无能为力。譬如钱钟书的《围城》，说结婚就像一个被围困的城堡，城外的人想冲进去，城里的人想逃出来，作者的本意当然不仅仅是说结婚，方鸿渐一次次在现实生活中撞墙碰壁，有一次和辛楣大发感叹，故意又一次点题：

> 我还记得那一次诸慎明还是苏小姐讲的什么"围城"。我近来对人生万事，都有这个感想。

人生万事，都是这个感想，看上去轻飘飘的，其实反映了一种走投无路的严重处境，反映了人的孤立无援和无法沟通。《围城》的主要矛盾是追求和幻灭之间的消长，无论是想进或是冲出"城堡"，在某种意义上，都既是追求又同时是幻灭。没有追求也就没有幻灭，阿德勒谈到人格的每一方面都在追求优越时曾说：

> 它（人格）与身体的生长并行地发展着。它是生命自身的一种固定需要……我们所有的机能都遵循这个方向前进，不论是正确的或是错误的，它们总是为了征服、安全、增长而斗争。从负到正的冲动是永不停止的，从"低级"到"高级"的欲求永不休止。我们的哲学家和心理学家不论想出什么样的前提——自我保存，快乐原则，平等——所有这一切，虽然表达不清楚，但都是力图表现这种巨大的上升的驱策力。

陈平原在谈到四十年代的这批作品时，曾对其中的"宿命感"有过微词，但是仅在这种批评的几年以后，他也"意识到自己在大时代中的无足轻重与无能为力"，不由自主地萌生了一种"宿命"的感觉。人注定是要追求的，人类不会因为必定要幻灭而放弃追求，也不能因为应该追求便否认幻灭。在《围城》中，希望"好像个进口，背后藏着深宫大厦，引得人进去了，原来什么也没有"，因而希望不过是个"一无可进的进口，一无可去的去处"。《围城》记录了男主人公两年多时间的流浪历程，在此之前，他兴致勃勃地出国留学，一无所有地回来了，在此之后，他只剩去内地找辛楣这一条出路，然而这可怜的希望也不过是点不着火的湿柴，淡淡地冒一缕轻烟而已。小说结束之际，方鸿渐唯有用沉重的睡眠来抗拒人世的悲哀，作者意味深长地写着：

> 他的睡也坚实地镘不破了，没有梦，没有感觉，人生最原始的睡，同时也是死的样品。

<h2 style="text-align:center">四</h2>

沈从文曾经说过，一个作家只要认真写，写多了自然就会

写好，写好是不奇怪的，写不好才奇怪。对于小说我始终抱有一种乐观主义的态度，在这方面，我是沈从文的信徒。一个作家总有上升期，像茅盾那样一写小说就很不错的作家其实并不太多见，同样，一种文学现象，也从来不是一步到位，一下子步入了它的成熟期。写作是个逐渐发展的过程，纵观三十年的新文学，其大势是一个不断向上的曲线，开始时轰轰烈烈如火如荼，在读者中造成广泛的影响，随着艺术的日趋成熟，影响越来越小，越来越脱离群众，然后就被另一种新生的文学现象所代替。五四作家到大革命时期，他们在文坛上的热闹劲，很自然地被"革命加恋爱"的一类小说所替代。鲁迅小说的中断，是否和不能忍受寂寞有关，因为"彷徨"时期的小说，要想在读者心目中造成"呐喊"时的影响是不可能的。习惯充当文坛领袖的鲁迅放弃小说，把旺盛的创作精力投入到杂文的写作中，除了对这种文体的特殊兴趣之外，是否和希望自己更直接面对大众有关。

说穿了，小说总是越接近呐喊和呼唤，越有广泛的人缘，反过来就意味着读者群的丧失和骤减。然而，五四初期反封建也好，大革命以后盛行革命文学也好，"七七事变"后掀起的与抗战主题有关的"长篇小说竞写高潮"也好，其兴起到走向衰退，总的趋势都差不多，都是热闹有余，艺术质量不足。这至少说明了写作者可能会遇到的尴尬，要想凑热闹，就可能让艺术质量受到伤害，而小说越写越好，可能读者越来越少。《围城》产生的时间和《寒夜》相仿佛，发表在同一本刊物上，写作时间也有惊人的相似之处。从五四时期的《小说月报》，到三十年代的《文学旬刊》，再到抗战胜利后的《文艺复兴》，熟悉新文学期刊的读者，不难发现它们之间的紧密关系，郑振铎曾在不同时期，担当过这三个刊物的主编。在这几个一脉相承的文学刊物上，活跃着同一批作者，表现出比较接近的创作思想。就文学史发展的大势而言，在《文艺复兴》上出现《围城》和《寒夜》这样的小说应该说是很自然的事情，它同样反映了新文学创作的一种必然。

艺术发展有其自身规律，推动文学向前的作家无非两种，一种是已经在文坛站稳脚跟，不断爆发出后劲的老作者，一种是初登文坛的新手，时不时把最清新的空气带给读者。新老作家共同努力，造成了文学的繁荣。坦白地说，二十世纪的中国，真正有利于文学发展的机会并不太多，能让作者静下心来写作的时间总是不太充分。大革命，抗战，内战，国民党政权被推翻，时代剧烈地变化，读者的口味也不停在变。几乎所有成名的作家，都会遇上如何适应这一棘手问题。从文学自身发展的轨迹来看，凡是变化最极端的时候，也是小说相对成熟之际，在二十年代，在三十年代，在产生《围城》的四十年代，都有一些应该说很不错的小说，可是这些能代表时代水准的作品，通常都可能成为绝唱，失去进一步发展的可能。一句话，社会变化既给文学创作带来了新的机遇，也制造了不小的麻烦。鲁迅没有在《彷徨》的基础上继续深入，老舍写了《离婚》和《骆驼祥子》以后，随着抗战爆发，不得不改变文风，写了一系列与抗战有直接关系的作品，巴金和钱钟书写完《寒夜》和《围城》之后，小说创作上基本属于封笔状态，沈从文写不下去了，张爱玲写不下去了，过去，把这种写不下去的原因归结为一九四九年的改朝换代，而事实却并非这么简单。冰冻三尺，非一日之寒，这里面的原因要认真琢磨仔细研究才行。

《围城》的产生并不偶然，新文学发展到一定阶段，出现这样的作品是很自然的，它反映了文学自身的要求，思想上的简单说教，文学语言上的造作粗糙，这些典型的新文艺腔特征已让大家忍无可忍。和以前的作品相比，此时的作品有着明显的艺术进步，这种进步既意味着巴金从《家》过渡到了《寒夜》，也意味着《围城》这类作品对新文学阵营的介入。不仅是思想主题，在语言艺术上也发生了一系列质的变化，仍然是泛泛而谈，五四时期的白话文最弱，那个时代的作品我们今天读起来，语感方面总觉得有些别扭，到三十年代，语言有明显的进步，而到四十年代，就表现为一种普遍的进步。朱自清先生的散文历来是美文的代表，如果谈影响和知名度，他的散文名篇都集中在前期，但是如果比较语言变化，读者将发现后期的文字更好，更接近口语。摸索现代汉语的写作是朱先生毕生探索的一个课题，虽然读者忽视了他的这种努力，然而这种努力本身对语言革命所做的贡献不应该一笔抹杀。

我总觉得左联时期对吴组缃中篇小说《一千八百担》的语言重视不够，很难找到比它更精彩的对话，对于这个时期的作家来说，文学语言似乎并不是最重要的事情。自从新文化运动开始以后，许多居心叵测的有识之士，一直在悄悄地做着废除汉字的探索，钱玄同和刘半农为拼音字母做了大量的工作，赵元任的强项也是音韵学，他最喜欢用拼音为别人娥皇，很长时间内，拼音迟早都要取代汉字成为一种必然的趋势，也是很多专家学者努力的方向，即使到一九四九年以后，走拼音化的道路仍然是现代汉语研究的重要课题。在这种大趋势下，满脑子新思想的新文学作家，内心深处未必赞成废除汉字，却不会明目张胆地反对，至少是心存疑惑。既然拼音迟早都要代替汉字，白话文代替文言只是走拼音化道路的一种过渡，这种观点必然会对文学创作产生消极影响，二三十年代一些作家的文字普遍粗糙，不仅仅因为当时的白话文水平还很稚嫩，或许也和认为不值得在即将死亡的汉字上下功夫有关。

到了四十年代，用来写作的书面语言进步显而易见。在一次谈话中，我曾向师陀先生表达过自己的阅读印象，和二三十年代的小说相比，四十年代的文学语言有一种突飞猛进的态势。在前一个时期，只有少数作家的语言比较优秀，在四十年代却意味着整体向上，这是一种合力造成的结果，新文学已经发展到了这一步，大家不约而同在语言上下功夫。我提到了师陀的《果园城记》《大马戏团》，提到了他和柯灵合作改编的《夜店》，提到了傅雷的翻译，提到了苏青和张爱玲，提到了巴金和钱钟书，提到了朱自清的前后期散文。一句话已经到了我嘴边，可是却突然拐了弯，被另一个话题所替代，我说一九四九年以后，很多作家重改旧作，结果都是得不偿失，譬如老舍的《骆驼祥子》，譬如我祖父的《倪焕之》，最极端的例子是曹禺改《雷雨》，索性变成一则笑话，而这种修改唯一的例外，或许就是师陀的《无望村的馆主》，尤其结尾部分，新版和旧版相比，完全是神来之笔，显然比旧作增色许多。这是一个非常值得深究的文学现象，同样是修改，为什么有好有坏。我的奉承显然搔到了师陀的痒处，

他情不自禁地又拍拍我的大腿，在这之前，老先生曾经忘形地
已这么做过了一次。

五

　　我不知道新版《无望村的馆主》是什么时候修改的，从
一九四一年初版本到一九八三年再版，其中经过四十多年。也许
这漫长的日子里，师陀先生一直惦记着小说的结尾应该怎么修
改。人坐着说话不腰疼，时至今日，我们可以很不当回事地评价
新文学作家，说他们在一九四九年以后，什么像样的东西都没写
出来，说他们修改自己的作品，越改越糟糕，越改越不像话。有
些现成话已经用不着再说，存在的事情都有其合理的原因，但
是，太多的强调外部原因，不仅不能说明问题，而且也可能把一
个本来很简单的问题弄复杂化。福克纳曾经说过，真正的作家是
没有任何东西能影响到他的写作。这也是一句现成话，反对者可
能会说，把福克纳揪到中国来，看他还有什么本事去获得诺贝尔
文学奖。如果要抬杠子，许多话题就扯不清楚，不过福克纳的话
确实值得中国作家扪心自问，而且也用不着搬出外国的作家来吓
唬人，同样处于厄运的曹雪芹能写，为什么二十世纪的几代知识

分子却诞生不了一部《红楼梦》。能否在显然的外部原因之外，再往前探索一步，说一说作家自身的不足。根源于我们作家内心深处的创作欲望和动机，是不是出了什么问题。

按照我的傻想法，虽然一九四九年以后，适合作家创作的机会不多，然而作家真是只会下蛋的母鸡，写出几本像样的东西，并不是完全不可能。我一直认为活跃于四十年代的那些优秀作家，最有可能在二十世纪中大有作为。在一九四九年，沈从文四十七岁，巴金四十五岁，钱钟书和师陀同年，是三十九岁，张爱玲更年轻，才二十九岁，以他们的年龄，他们在文学上已经取得的成就，已经基本定型的世界观，写出一部好作品不应该是什么意外。不写当然有各种各样的理由，可是什么样的借口都不能改变没写出来的结果。相形之下，前辈作家的年龄略大了一些，心有余而力不足，而且文学观念正在落伍，比他们年轻一代的作家，思想看上去虽然进步，其实对生活和艺术的观点并没成熟。钱钟书写完《围城》以后，又写了三万多字的《百合心》，这是一部作者自信比《围城》更好的长篇小说，但是半途而废。他把这种中断归结为手稿的遗失，而且认定如果不是遗失，必定会因为手痒，忍不住续写下去，结果便是在"文化大革命"被抄出来惹祸。沈从文自《长河》完成以后，旺盛的创作欲也到了尽头，这位多产作家越写越少，最后干脆封笔。

如果说钱钟书放弃小说创作，和一九四九年的变化有关，那么沈从文早在此之前，差不多已经处于停顿状态。好在这两人后半生都在创作之外找到别的替代品。钱钟书完成了学术巨著《管锥编》，沈从文成为考古学方面的第一流专家。巴金和师陀没有放弃写作，他们所做的努力，似乎更多的是和过去告别，想成为自己并不熟悉的新型作家。为什么巴金不沿着《第四病室》和《寒夜》的路子继续写下去，为什么师陀不再写《果园城记》和《无望村的馆主》这类作品，简单的解释是环境不让他们这么写，可是张爱玲跑出去了，有着太多可以自由写作的时间，也仍然没写出什么像样的巨著。在漫长的时间里，竟然没有一位作家能仿效曹雪芹，含辛茹苦披阅十载，为一部传世之作鞠躬尽瘁，死而后已。一九四九年以后，留在大陆的作家确实处于一种很不利的环境，但是不利对最优秀的作家说不定也会成为一种动力。最优秀本来就意味着例外，没有例外就没有第一流的好作品。

丰子恺先生在一九七二年，写过一组很漂亮的散文，在"四人帮"最猖獗的日子里，这组散文的意义，在于证明有一种写作不仅行得通，而且能够存在，这也是钱钟书全力以赴《管锥编》的时候。写作和发表是两回事，写没写是一个问题，能不能发表又是另外一个问题。我想一定有作家深深后悔，在过去的几十年里，他们被不能写的借口耽误了，就像一首流行歌词叹息的那样，想去桂林时没钱，有钱去桂林却没时间。时间不饶人，后悔来不及，我们已习惯于这样的思维，很长一段时间，中国知识分子尤其是作家，身心遭受严重迫害，被剥夺了写作的权利，但是一个显然的事实，就是他们并不比真正劳动人民的日子过得更糟，生存环境并不比普通百姓坏到什么地方去，如果作家真的要写，绝不是一点机会都没有。说白了一句话，中国作家既是被外在环境剥夺了写作的权利，同时也是被自己剥夺了写作的机会。如果写作真成为中国作家生理上的一部分，不写就手痒，就仿佛性的欲望，仿佛饥饿感，仿佛人的正常排泄，结局或许不会这样。

据说艾青在延安时期曾说过这样的话，诗人也要吃了肉才会有灵感。这话的潜台词仿佛是说吃斋的和尚当不了好诗人，换句话说，作家得好生伺候着，才能写出传世的作品。写作不是作家的本能，而是一门熟练的手艺，在一九四九年，记者采访沈从文时，他曾说自己希望"到农村去到工厂去，把现有的文学技巧交给工农大众，然后写出铁路是怎样修成的"。以沈从文的为人，这话未必是开玩笑，当时的气候也没胆子开这样的玩笑。多少年以后，沈从文突然像出土文物一样复活，在美国的一次讲演中，他说并不后悔自己的改行。这话或许是真的，林斤澜在《沈先生的寂寞中》曾写到六十年代初的一件事：

> 有天，一位领导人来参加文学组的小会，一位老前辈徐徐言道，沈从文想写小说，听说打算写一个革命家庭，是长篇，可不可以安排……领导人立刻收起笑容，一沉，一绷，静默几秒钟——这几秒钟很长，仿佛有一个沉重的生锈的大钟，走动一下先嗤嗤声响，再咚的一声，沉吟道：我们给安排时间，几年？十年，够不够……

这段话有两个事实是清楚的，沈从文想写小说，要写革命家庭，某领导人不以为然，言辞中不无讽刺挖苦。如果说沈从文真不后悔改行考古学，是有自知之明，知道自己写不好革命家庭，恰如张爱玲写不好土改。在这一点上，他和那位领导的观点不谋而合，作为一个不合时宜的人，虽然有很好的"文学技巧"，但是给十年的时间也仍然是零。很多没改行的作家显然有时间，而且不止十年二十年，享受着作家的工资待遇，也努力写过，结局都一样，写等于不写，干等于白干。在对过去的清算中，研究者总是强调不让作家安心写作的外因，对作家个人的放弃却缺少必要的分析。鸡没地方下蛋和屁眼里没蛋可下，是两个截然不同的概念，晚年的张爱玲神秘兮兮，对于媒体来说，一举一动都可以炒作，她逃到国外，或许躲过"文革"的劫难，可是仍然避免不了失声的尴尬，她最大的问题也是没东西可写。

六

被誉为拉美新小说先驱的鲁尔福发表《佩德罗·巴拉莫》之后，基本上没什么新作问世。这是一个耐人寻味的相似话题，不管什么样的原因让作家放弃，创作的中断总是一个残酷的现实。鲁尔福曾深深地表达过这种遗憾，然而让他可以感到欣慰的，虽然自己有三十多年没有怎么写小说，但拉美文学没有因为某人的个人行为而衰退，恰恰相反，发生了震惊世界的文学爆炸。

发表《围城》的《文艺复兴》杂志，创刊一年多，便寿终正寝。这是很辉煌的一瞬间，聚集了当时最优秀的一批作家，巴金、钱钟书、李广田的长篇小说同时连载，我们可以见到那么多熟悉的名字，李健吾、师陀、杨绛、辛笛、吴祖光、曹禺、沙汀、艾芜，诗人臧克家开始尝试写小说《挂红》，汪曾祺发表了他最初的小说《小学校的钟声》，由于停刊，良好的"文艺复兴"

势头随风而去，成了一段苍凉的往事。

在一九四七年，《围城》中的笑声戛然而止。往事不堪回首，时至今日，新世纪已拉开沉重的大幕，重新审视当年情景，我们脸上将出现什么异样表情。待到山花烂漫时，她在丛中笑，"她"又是谁呢？

二〇〇〇年三月三十一日　河西碧树园

闹着玩的文人

一

金性尧先生的《土中录》专谈清朝文字狱，其中一篇《蔡显因自首而斩首》给我留下很深印象。大家都知道清朝文字狱的残酷，随着年代久远，残酷有时候也会变成一种古怪，变成滑稽和荒唐。乾隆三十二年，已经七十一岁的举人蔡显，心惊胆战捧着刚刻成的《闲渔闲闲录》，到松江府去自首，说自己这本新出版的书"并无不法语句"，只是担心有人恶意举报，因此决定走坦白从宽这条路，主动到官府说清楚。七十老叟沽名钓誉，自费出本闲书，在文字狱如火如荼的日子里，是活着不耐烦，没事找事，他诚惶诚恐，自信没什么大错，即使有点小毛病，也构不成大狱，然而结局却很悲惨，坦白认罪了，从宽二字并没有太多商量。蔡显被判凌迟，也就是说千刀万剐，长子杀头，是斩立决，后来皇帝出面开恩，蔡显被改判斩首，死个痛快，长子改为斩监候，所谓死缓，其他的儿女和妻妾皆给功臣家为奴，清朝文字狱有很多人遭难，像这种自投罗网自讨没趣，还真不多。

　　不由得想起晚明，那年头的文人多么自在。即使到清初，文人不管杀头不杀头，气节还在，譬如没掉脑袋的顾炎武，大清朝逼出来做官，他死活不依，不做官就是不做官，还发文人脾气，说什么"刀绳俱在，无速我死"。他认定死理，就这么倔犟，就这么昂着高贵的头颅做人，而且照样著述，按后来的文字狱标准，有十个脑袋也不够砍。又譬如被杀头的金圣叹，照样痛痛快快说几声"不亦快哉"，虽然已做了亡国奴，照样写文章，照样"白说邪说，皆成妙笔"。多少年后，民间还流传着故事，有一副对联挖苦与父亲小妾偷情，据传就出自金圣叹之手：

　　　　母爱儿娇，五十岁犹在怀中；
　　　　子承父业，三寸地岂容荒芜。

二

中国的大历史，容易造成天下是读书人的错觉。万般皆下品，唯有读书高，读书人的感觉良好，反过来也感染用不着读书的人。譬如，武人只要会打仗就行，保家卫国乃军人天职，偏偏中国的军人大都不擅此道，民国初年的徐树铮便是例子，他是段祺瑞的第一心腹，政坛上曾经呼风唤雨。黑暗的北洋军阀时期是中国文人少有的一个自由时代，军人混战，忙着发通电抢地盘，没时间来收拾文人，即使逮着一两个来出气，像林白水和邵飘萍的被杀，像李大钊的上绞刑架，由于杀人者很快完蛋，不仅吓唬不了文人，反而更激怒了文人，更促进了文人的捣蛋。

徐树铮战场上没什么业绩，却旁门左道地喜欢桐城派古文，他一本正经撰写过《徐氏评点古文辞类纂》，并由红极一时的林纾作序。在序中，林纾把徐狠狠地夸了几句，说如今天下大乱，徐整日忙于军务，竟然还能"出其余力以治此，可云得儒将之风流矣"。马屁拍得不算轻，林纾性梗直，轻易不肯夸人，他是桐城的领军人物，能得到他的评价，桐城之学也算修得正果。不过这种话千万不可当真，文人难免闹着玩的心理，恰如好嫉妒的妇人，只有女人才是她的天敌，对于徐树铮这样的武人，林纾显然运用了不同标准。当然，还有一个原因也不可忽视，林纾翻译《茶花女》大出风头，此时已经失意，此一时，彼一时，一旦进入民国，恰如钱钟书的父亲钱基博老人所言：

> 民国兴，章炳麟实为革命先觉；又能识别古书真伪，不如桐城派学者之以空文号天下。于是章氏之学兴，林纾之说熸。纾、其昶、永概咸去大学；而章氏之徒代之。

饭碗都让人夺去了，这口鸟气如何咽得下去。京师大学堂一度是桐城派的天下，这一派的著名人物吴汝纶当过京师大学堂的总教习，胳膊肘总是往内拐，有权自然要用，在他的把持下，桐城的私货都塞到了当时的最高学府。可是不过几年工夫，大清朝终于到尽头，吴也死了，京师大学堂改名为北京大学，规矩随之改变，桐城的威风不再，很快成了落水狗，成了"桐城妖孽"，林纾在《与姚永概书》中，大发牢骚，结尾处写道：

> 非斤斤与此辈争短长；正以骨鲠在喉，不探取而出之，坐卧皆弗爽也。

　　林纾视章氏之徒的学问，只是"震眩流俗之耳目"，自信"可计日而见其败"。对于研究中国现代文学的人来说，林纾的引人注目，不是用桐城笔法翻译外国小说，而是由他引发的一场白话文言的论战。这是个老掉牙的议题，实际上，开始时只是地道的门户之见，因为章太炎本人并不赞成白话文，他的大弟子黄侃一直旗帜鲜明地反对新文学运动，章太炎和黄侃推崇魏晋文章，提倡音韵训诂之学，和桐城派古文针锋相对，形同水火。林纾看不顺眼，又不甘心自己的失势，于是病急乱投医，便和武人徐树铮搞到一路去了，本来是个闹剧，军阀要文人装点门面，文人靠军阀造些声势，但是他这么做，给在北大已站住脚跟的章氏之徒抓住了反击机会。

　　众所周知，章氏之徒为了白话古文，自己就闹得不可开交。林纾看不上章太炎，章太炎看不上林纾，双方懒得交手，没什么戏可看。对于刚闹起来的新文化运动，林纾并不放在眼里，他写了一篇小说《荆生》，凭空塑造了一个"伟丈夫"，突然破壁而出，把提倡新文化运动的几员骁将，狠狠地收拾了一通。这本是文人的小把戏，是精神胜利法，然而章氏之徒中提倡白话文的几位，故意做出很着急的样子，说师兄黄侃反对白话文，不过是嘴上说说而已，林纾却是要玩真格的，想借助枪杆子，镇压白话文运动。"伟丈夫"是谁不言而喻，此时正是徐树铮最得意之际，炙手可热，林纾显然希望他大开杀戒，"该出手时就出手"，一举消灭文坛上的乱党。

文人相争，难免言重，依照林纾的顽固脾气，他未必不这么想，可是想永远当不了真，章氏之徒未必是真的怕，审时度势，稍有些脑子的人，就知道徐树铮即使有这个心，也没这个能耐。自从有了租界，文人不仅有了胡说八道的机会，还有了信口骂人的自由，民国建立，制度上的共和，文人在言论上更开放。文人敢在报纸上骂军阀，并不是因为胆大，而是因为允许。这一次，书呆子兮兮的林纾真看走眼，徐树铮在军阀纷争中，很快失意，失意的军人比文人还不如，徐后来被拘留，未经审判就给毙了，死得不明不白。

三

林纾想用枪杆子来解决问题，是开了一个坏头，因为文人相争，君子动口不动手，借助外力和强权来帮助，为自己壮胆助威，就算是胜，也胜之不武。文人应该是刀子口，菩萨心，不应该动辄产生杀机。徐树铮的下场，反过来给林纾的对手一种大获全胜的感觉，从此，文学史上提到林纾，常把他当作一个笑柄。

其实文人相争，不一定非要决出胜负。相争是言论自由的具体表现，文人有话不能说不敢说，这才是一件可悲的事情。鲁迅先生喜欢辩论是非，眼睛里容不得沙子，一生骂人无数，也被无数人责骂。被人责骂或者调侃，自然不会有什么好话，最极端和最有趣的是叶灵凤，这位学绘画的小伙子自从进创造社，文章没什么长进，胡闹的功夫与师兄弟相比，有过之无不及，他写了篇小说《穷愁的自传》，男主角魏日青是革命者，他的日常生活竟是这样：

> 照着老例，起身后我便将十二枚铜元从旧货摊上买来一册《呐喊》撕下三页到露台上去大便。

这段描述让鲁迅耿耿于怀，创造社同人的骂，通常都是这种腔调，口不择言，张嘴就来。为什么不能花十二枚铜元去买一刀好草纸，用铅印的《呐喊》作为代用品，虽然羞辱了鲁迅，难道就不怕委屈了屁眼，引得痔疮复发。对这种轻薄的闹着玩，只能生气，绝对不能当真，鲁迅是文弱的江南书生，不是骁勇好战的北方好汉萧军，一生气，便要约化名狄克的张春桥出来打架。识时务者为俊杰，鲁迅知道与文人作战只能用笔，若上法庭打官司，只和章士钊去打，他是教育总长，是官场上的人，打起官司来有法可依，和无聊文人绝不对簿公堂。陈源曾说鲁迅的《中国小说史略》是对日本盐谷温教授《支那文学概论讲话》"整大本的剽窃"，男盗女娼乃人间最大耻事，鲁迅为此恨得咬牙切齿，但是他明白最好的办法还是让读者自己去辨别。此外，打笔仗有时候就如妇人街头吵架，谁伶牙俐齿谁更占便宜，谁精通骂人艺术谁占上风，是鲁迅对手的人还真不多，陈源其实被骂得很够呛。

孙中山逝世数年后，在新都南京举行奉安大典，小报上登出一副对联，是章太炎的挽词：

举国尽苏俄，赤化不如陈独秀；
满朝皆义子，碧云应继魏忠贤。

最初看到这副对联，在补白大王郑逸梅的一本书上，郑喜欢文坛掌故，记录的一些文字很有趣，错误也多。后来又在钱基博老先生的《现代中国文学史》上见到，这一回是真相信，因为钱家的人做学问，讲究有来历，道听途说不会录用。然而后来经专家考证，证实这副对联确是假的，是无聊文人的假托。对于这种名誉权的侵犯，章太炎显然也对打官司没兴趣，不愿意和无聊文人上法庭，他只是在报纸上发表一纸声明，希望此后"大小报纸欲登录鄙人挽联诗句者，必须以墨迹摄影，使真伪可辨"。这声明有些模棱两可，他列举了三副假的挽联，分别为挽宋子文之母，挽谭延闿，挽杨铨，恰恰没提到这副影响最大的挽孙中山联。既然挽联是假，故意不提，便很耐人寻味。苍蝇不叮无缝的鸡蛋，众所周知，章太炎对孙中山向来有看法，而章氏子弟对自称国父学生的蒋介石也不恭敬，小报文人有效地利用了这些成见。

作为章氏门人，鲁迅首先就不会为章太炎辩诬，虽然和蒋介石是同乡，他对国民党没什么好印象。周作人和他哥哥如出一辙，对南京政府始终不热情。奉安大典是往刚得天下的南京国民政府脸上贴金，当时一定有很多人知道章太炎的挽联是假的，但是明知是假，也懒得站出来说话，因为一副假的对联，有时候非常真实地代表了民间的一种情绪。闹着玩的文人，常会干一些歪打正着的勾当，和尚打伞，无法无天，既然言论自由，拿国父孙中山开几句玩笑，也没什么大不了，况且醉翁之意不在酒，矛头当然针对着活人而去，嘲笑的只是国民党的新权贵。

百花齐放难免造成泥沙俱下的结果，言论自由让文人有更多骂人的机会，同时又有更多挨骂的荣幸。对付文人的闹着玩，最好的办法就是别当真。当然文人也不都是闹着玩，文人在闹着玩之外，还有许多事可以做。不过，并不是所有的读书人皆有幽默感，鲁迅在黄埔军官学校的演讲词中，曾对文人的处境进行了调侃：

> 我想：文学文学，是最不中用的，没有力量的人讲的；有实力的人并不开口，就杀人，被压迫的人讲几句话，写几个字，就要被杀，即使幸而不被杀，但天天呐喊，叫苦，鸣不平，而有实力的人仍然压迫，虐待，杀戮，没有办法对付他们，这文学于人们又有什么益处呢？
>
> 在自然界里也一样，鹰的捕雀，不声不响的是鹰，吱吱叫喊的是雀；猫的捕鼠，不声不响的是猫，吱吱叫喊的是老鼠；结果，还是只会开口的被不开口的吃掉。

说话要看对象，鲁迅显然不是当着军人的面，才说这番讨好武力的话。研究鲁迅的人，习惯于讲他如何利用文学作为武器进行战斗，却有意和无意地忽视了他对这武器的轻视。文学可以是匕首投枪，但毕竟不是真的匕首投枪，类似的观点在鲁迅文章中并非罕见，文人能叫能喊，有时就会忘乎所以，自以为登高一呼，一切问题便迎刃而解。由于历史是文人的笔写出来的，文化人作用被夸大也就在情理之中，譬如总说五四学生运动如何了得，但是对于这场运动的直接目的最后是否达到，中国代表最后在巴黎究竟签没签字，并没有多少人去细心琢磨，反正游行也游过了，赵家楼也烧了，学生运动必须充分肯定才对，其他的就可以不闻不问，忽略不计。

辛亥革命推翻大清朝，是因为武昌起义，真枪真刀。袁世凯称帝失败，是因为蔡锷在云南组成护国军讨伐。文人感觉再良好也没什么用，"一首诗吓不走孙传芳，一炮就把孙传芳轰走了"，枪杆子里出政权，武力才能最终解决问题，鲁迅似乎是文人中最早明白这道理的人。

四

茅盾评价《倪焕之》，称之为扛鼎之作，这话被后来人当作赞美之词反复引用，成为大学课堂上的流行话语。其实听话听声锣鼓听音，"扛鼎"是什么意思，作为好朋友，茅盾的这番话当然是捧场，同时也是一个让步句，说明写这么一个东西不容易，不妨想一想扛着鼎有多累，因此犹如说戴着镣铐跳舞，褒贬两层意思都有了。作家之间的互相吹捧，读者一定要细心辨别，因为文人的朋党意识一向很厉害，物以类聚，人以群分，拉帮结派不太好，但是文人都是些有性情的宝贝，有时候还真难免。

很多事情总是想不明白，以沈从文的文风，他似乎不应该特别喜欢徐志摩。徐的文笔花哨，浓得化不开，那股矫情的绅士味道，和乡土气息十足的沈从文，怎么看都不像是一路货色，然而他们确实是很好的朋友，徐飞机失事，只有沈从文风尘仆仆赶去现场。人和人之间的交情很难解释，朱东润先生的《张居正大传》出版，《文艺复兴》上曾发表了祖父的一篇书评，据父亲告诉我，这书评是朱先生自己写的，不过是发表时用了祖父的名字。这种事，如果被对手知道，或许会攻击一番，在当事人来说，又是很自然的事情。大家志同道合，借个名有什么关系，鲁迅兄弟有段时间写稿子经常你我不分。

父亲还告诉我另外一件事，说胡风曾有稿子投到祖父主编的一个杂志，是三十年代还是四十年代，弄不清楚，反正祖父不太喜欢那篇稿子，执意不肯发。一起的朋友就劝，说胡风脾气大，最好不要招惹，于是就有些弄僵，都是书呆子，都倔强，都不能得罪，终于有人想出两全之策，杂志出一期增刊，专发胡风的这篇文章，结果双方皆有面子。新文学时期，这样的例子大约很多，有时候，一些小纠纷化解了，有时候却变得很激烈，引发一场论战。文人之间总有些磕头碰脑，譬如京派海派，一不小心便打起笔仗，既然开战，免不了意气用事。其实究竟谁是地道的京派和海派，还真说不清楚，我刚读研究生的时候，对现代文学史上文人的吵架颇有兴趣，祖父知道以后，专门写信给我，说别在这种邪门歪道上下功夫，说这些事情很无聊，不值得关注。

徐志摩曾力捧过陈源，说他的英语比英国人还好，这本是句玩笑话。陈源是英国留学生，回国后成为现代评论派的主笔，和《语丝》同人吵得一塌糊涂。凡是喜欢看鲁迅文章的人，都熟悉这件事，但是我觉得骂陈源最损的是刘半农，他逮住陈的英语程度大做文章，说其水平的确比萧伯纳还好，可惜愚昧的英国人孤陋寡闻，不知道天下还有这么一位奇人，而且查遍英文字典，竟然见不到陈源的大名。刘半农有一篇文章骂倒王敬轩的功力，以斗嘴而言，陈源根本不是对手，《语丝》上发表文字的这一帮人，个个都是高手，即使是以儒雅著称的周作人，写起吵架文章来，也丝毫不含糊。

才女凌叔华读大学时，曾给周作人写了封很热情的信，说她已打定主意要做一名作家，要为自己中英日三种文字找一位导师，而在她所知道的老师中，除了周作人，别人似乎都没有这样的资格。女弟子进步成为情人，成为后妻，是常有的事情，不能说周作人也有这种非分之想，但是他以对方颇有才华为由，一口答应了下来。接着便是信的来来往往，在周的关照下，凌的一篇小说由《晨报》副刊发表了，以后文名渐渐为世上所知，再以后，凌和陈源成了夫妻。《语丝》和《现代评论》为女师大风波大打笔墨官司，吵到最后，话越说越难听，凌叔华于是写信给周作人，希望不要把她给拉扯在里面，周作人的回信有些暧昧，更有些酸溜溜：

> 我写文章一向很注意，决不涉及这些，但是别人的文章我就不好负责，因为我不是全权的编辑，许多《语丝》同人的文字我是不便加以增减的。

周作人说的"这些"是什么，细心的读者无疑会动脑筋去乱想。按说《语丝》和《现代评论》都是京派，都是京派也会吵。看文人吵架有时候不失为一种享受，因为只有在吵架的时候，人才最有智慧，同时也最幼稚可笑。创造社一帮人从日本回来，第一件事便是惹是生非，当时国内能直接看外文的人不多，创造社以浪漫派著称，自己的译稿浪漫得离谱，让人不堪卒读，但是他们回国最初的引人注目，是在翻译上指责张三李四，到处挑别人的错。为此茅盾和胡适都很愤怒，茅盾以笔名"损"发表了一篇文章，说创造社同人起码应该稍为谦虚一点，不能自说自话地就认为他们"可与世界不朽作品比肩"，而胡适也写了篇《骂人》质疑，说"译书有错，算不得大罪，而达夫骂人为粪蛆，则未免罚浮于罪"。在文人相争方面，早年的创造社孩子气十足，很轻易地出手了，谁有名就和谁过不去，目的很简单，是想闹点事，想有点新闻效应，他们的矛头直指当时在上海风头正健的文学研究会，直指在北京的以大学为基地的胡适集团。先惹是生非的是创造社，主动求和的也是他们，与茅盾大打笔战的一个月后，郭沫若和郁达夫借口《女神》出版一周年，主动找上门去，邀请文学研究会同人参加他们的庆祝活动。这样的活动有一个堂皇的理由，是为了"消除新文学团体间的隔阂，增强彼此间的团结"，结果茅盾和郑振铎等如约到会，地点是一品香旅社，说些什么不清楚，反正一团和气，前嫌尽释，大家摄影留念。差不多同一时期，郭沫若又在美丽川宴请胡适和徐志摩，气氛更为融洽，"饮者皆醉，适之说诚恳话，沫若遽抱而吻之"。

　　性情中的文人闹着玩，回想起来颇有趣。写《啼笑因缘》的张恨水，曾得到过茅盾一次随意的夸奖，大约是说文字不错，他因此十分感激，不止一次在文章中提到此事。或许名列旧派小说的缘故，张恨水总是戴着顶通俗言情的破帽子，这一派的小说，虽然获得了读者，却坚决不被新文学阵营看好，不仅不看好，动不动还要遭一顿臭骂。写旧派小说的人吵架方面永远是外行，新文学阵营有一致对外的传统，不像旧派文人，天生了一盘散沙，不求进取自甘没落，老处于被动挨打的地位。张恨水对茅盾的感激充满自卑心理，文人有时候就这么贱，被骂惯了，突然给个好脸，反而终身感激。新文学天生有一种霸气，差不多每个社团都有位能吵架的理论家，譬如文学研究会的茅盾，譬如创造社的成仿吾，譬如太阳社的阿英，譬如现代评论派的陈源，在文人相争中，他们仿佛是足球队的守门员，顽强地镇守着自家球队的大门。

　　在新旧两派的交手中，新派文人大都占着上风，新文学阵营人多势众，一出手就是个群殴场面。新永远代表未来，代表出路，谁拦着便是找不自在，因此势单力薄的旧派人物惹不起，只能躲，打不还手骂不还口。因此，现代文学上最精彩的一页不是新旧之争，而是新派之间自己的争斗，文人闹着玩最大的特点就是自己跟自己吵，不同团体之间相互唇枪舌剑，你死我活，同一团体的成员动不动也翻脸，从此成为路人，像田汉，本来应该成为创造社最得力的一员大将，因为另一员大将成仿吾的一篇批评文章，从此不和创造社来往。前期的创造社，后期的太阳社，再后期以胡风为首的七月派，都是善于战斗的文学团体，而其中最容易闹内讧的是创造社一帮人，早期创造社的几员大将，相互之间都曾经恶毒攻击过。

鲁迅把创造社称为"新才子派"，这一派人物刚出现，其行径多少有些流氓气，把出版社的译书找出来挑错，骂得狗血喷头，故意弄出很大动静，使舆论哗然，结果出版社老板出于商业上的考虑，因为翻译图书总有利可图，索性出创造社成员的译书，不仅出书，附带着连个人的作品集一起出，这样一来，嘴也就被堵住了。从表面上看，创造社大获全胜，然而正如鲁迅分析的那样：

"新上海"终究是敌不过"老上海"的，创造社员在凯歌声中，终于觉到了自己就在做自己的出版者的商品，种种努力，在老板看来，就等于眼镜铺大玻璃窗里纸人的眨眼，不过是"以广招徕"。待到希图努力出版的时候，老板就给吃了一场官司，虽然也终于独立，说是一切书籍，大加改订，另行印刷，重新开张了，然而

旧老板却还是永远用了旧版子，只是印，卖，而且年年
是什么纪念的大廉价。

把创造社成员倾向革命的原因，说成是因为玩不过"老上
海"，未免刻薄了一些，但是真不能说鲁迅这话不对。一九二二
年，郁达夫回国，与郭沫若同住在上海四马路泰东图书局门市
部，一天，两人得知《创造》第一期经过一年多的时间，只卖了
一千五百部，觉得"国内的文艺界就和沙漠一样"，不由"哀感"
起来，结果"连吃了三家酒店"，大醉而归。这是创业时期的艰
苦，情调颇浪漫，渐渐情形好转，终于有了影响，特别是获得青
年读者的青睐，成为书商的目标，成为报刊上的红人，但是，一
旦这些书呆子真试图和资本主义较量，和"老上海"玩，想多获
得一些利润，便输得一塌糊涂，血本无归。

五

一九三五年六月，日本领事抗议《新生》周刊上一篇名为
《闲话皇帝》的文章，刊物因此被查禁，作者杜重远被判处徒刑。
对于文人来说，这是一件很严重的事件，在此之前，有左联五烈

士的遇难，在此之后，有李公朴和闻一多的被刺，然而这些牺牲并不是因为他们的文字。北洋军阀时期，文人中确有写文章被杀头的，譬如林白水和邵飘萍，这种杀戮对文人也没有太大的威慑。国民党政权早在一九二七年就已经建立，它的稳定却是逐步形成，对言论自由的控制，是一个逐渐加深的过程。《闲话皇帝》事件的严重性在于，它第一次以法律为准绳对付文人，文章再也不仅仅是被查禁，而是弄不好真的要吃官司。官方审查机构的作用逐渐凸现出来，文人的言论开始受到限制。限制言论自由是国民党想做而始终没有做好的事情，蒋介石很羡慕希特勒，手下也确实有些法西斯分子，可惜他的文化官僚大都吃干饭，这方面并没有真正做出过什么成效。

鲁迅出文集的时候，总是要把那些被审查机关删节的文字补上，而且一定加上说明，让读者明白文化官员们的无聊。在一开始，这些删节显得很可笑，只是在字眼上做文章，有些字不让用，有些影射必须改正。据说当初要求设立图书出版审查制度，也是一些文化人和准文化人自己提出来的，出版社老板考虑到书出版后再查禁，损失太大，不如防患于未然，有些作家是中性的，可是却成了左翼文学附带的受害者，对图书进行查禁时，陈望道的《美术概论》，顾凤城的《中外文学家辞典》，余慕陶的

《世界文学史》，李代桃僵，全都遭遇不白之冤，与其没有标准瞎折腾，不如人为地让政府组织一个班子，制定出一个审查标准。

结果便是一场闹剧，三十年代的查禁书目名单，颇具游戏色彩，鲁迅、茅盾、巴金、郭沫若都有幸入围。不清楚审查委员是些什么人，反正都是亦官亦文人的活宝，吃力不讨好，两边挨人骂。是否经过审查，一度成为不能省略的重要形式，仿佛现在市场上卖猪肉检验蓝色印章，图书也必须印有"中宣会图书杂志审委会审查证"字样才能上市。事实上，这种文化围剿收效甚微，道高一尺，魔高一丈，鲁迅的《二心集》被禁，换个书名，改成《拾零集》照样放在书店里卖。审查委员每天要看许多字数，显然很吃苦，也很卖命，兢兢业业，用鲁迅的话说，他们也有对头，自己在找漏洞，别人在找他们的漏洞，螳螂捕蝉，黄雀在后，谁的日子都不好过。

审查委员会的标准冠冕堂皇，"如非对党对政府绝对显明不利之文字，请其删改外"，其余的"均一秉大公，无丝毫偏袒"。话是这么说，实际操作并不简单。文字要兴大狱，虽然遭殃的是文人，没有文人的帮忙也玩不起来。文人遇上的杀手，往往首先是文化官僚，位于主奴之间的审查委员，既然还有别人在找他们的漏洞，因此最聪明的办法，便是从严发落，有理无理，一概打进冷宫再说。

蒋介石剿共，宁可错杀三千，绝不放过一个。审查委员们在这方面有过之无不及，在一开始，只是和苏俄有关要查要删，和共产党有关的文字为"反动"，发展到后来，没什么标准可言，连鲁迅与自称不左不右的"第三种人"吵架，也被认为不宜。

《闲话皇帝》让作者坐牢，也让审稿的人跟着倒霉，有七位审查官被革职。这个事件标志着林纾当年反对新文化运动时盼望的"伟丈夫"终于出现，文人的自由时代结束了，从表面上看，这是一场外交事件，实质却体现了法律的威严，是约束言论自由的合法化。在此之前，对文字的审查更多流于形式，现在却意味着动真格。此后，审查制度由于抗战爆发一度略有松动，但是总的趋势是越来越严，国民党政府做梦都想控制意识形态，因为文人都以站在政府一边为耻。在做思想工作方面，共产党要比国民党在行得多，这就难怪恼羞成怒的蒋介石去了台湾，会进一步加紧查禁的力度，而我们所知道的新文学作品，在很长的时间里差不多全都成了禁书。

六

郭沫若在《创造十年》中曾承认，自己不止一次"横陈在藤睡椅上想赤化"，这是文人闹着玩的一幅漫画。"诅咒黑暗旧世界"这样激烈的词汇，在文人的笔下经常出现，作为时代的捣乱分子，说话越冲的文人越引人注目。苏雪林对郁达夫有过这么一段批评：

> 他写自身受经济的压迫的情形，尤其可笑，一面口口声声的叫穷；一面又记自己到某酒楼喝酒、某饭馆吃饭、某家打麻雀牌、某妓窠过夜、看电影、听戏，出门一步必坐汽车（上海普通人以人力车代步，汽车惟极富人始乘），常常陪妓女到燕子窠抽鸦片。终日过着花天酒地的生活。一面记收入几百元的稿费，某书局请他去当编辑；一面怨恨社会压迫天才；一面刻画自己种种堕落颓废，下流荒淫的生活；一面却愤世嫉邪，以为全世界都没有一个高尚纯洁的人。

苏雪林是现代文坛上有名的女棍子，什么人都敢骂，鲁迅，沈从文，逮谁说谁。她对郁达夫的批评略嫌尖刻，但是也的确捅到要害。像创造社成员，差不多人人都成了"革命"作家，他们鼓励读者提刀杀贼，赴汤蹈火，为人类争光明，自己却好像"脸青似鬼，骨瘦如柴的烟客"，躺在那里抽着鸦片，大喊"革命"，大喊"冲呀，杀呀"。鲁迅曾说过，他愿意和郁达夫结交，因为郁是创造社中最没有"创造嘴脸"的人，可见，在鲁迅眼里，空喊革命，郁达夫还不算最不像话。在创造社，最大的棍子是成仿吾，他的文学成就最差，除了能记得他在不停地批判别人之外，没什么可圈可点之处。作为个案，解剖郭沫若要有趣得多，因为在现代文学中，要说文人闹着玩，他的段位最高，游戏的精神也最足。

作为文坛的标志性人物，郭沫若和鲁迅没见过面，他曾非常伤心地表示了这种遗憾，在同时代的中国作家里，的确是一个意外，因为中国文人之间有着太多的饭局，只要一个城市里待着，即使冤家对头，同一张桌子上碰面，这种概率也是难免。度尽劫波兄弟在，相逢一笑泯恩仇，一起吃顿饭是中国人最好的和解办法。鲁迅和郭沫若之间，相互都说过对方很难听的话，一个尖刻，一个恶毒，在内心深处，对对方无好感显然没有疑问。鲁迅逝世后，郭沫若一改昔日作风，对鲁迅的评价不断升级，有时拔高得都有些离谱，以至熟悉其中内幕的人，不能不为郭的吹捧感到肉麻。

文人相轻本属难免之事，譬如美国文坛上的海明威和福克纳，这两位大师就从未谋面，他们之间也互有微词，但是都是冲文章而去，因为文人的好坏，最后还是要靠作品来说话。鲁迅和郭沫若似乎都不屑于评论对方的作品，在鲁迅眼里，郭是才子加流氓，按照传统读书人的观点，才子并不是什么好东西，只是民间故事中识几个字能弄些淫词艳曲的轻薄文人。郭沫若却视鲁迅为封建余孽，他的观点颇有意思，因为资本主义对社会主义是反动，封建社会又是对资本主义的反动，因此鲁迅罪大恶极，是双重的反动，"是一位不得志的 Fascist(法西斯蒂)"。时间过得飞快，十年前，《新青年》上大骂桐城余孽，十年后，当年的斗士自己也成了激进人士眼里的反动分子。文章乃小道，中国文人动不动就从大处着眼，林纾视新派人物为"覆孔孟铲伦常"，所以盼望"伟丈夫"徐树铮出来镇压，以郭沫若为首的创造社对鲁迅的围剿，重要理由他是个反动老作家，"对于布鲁乔亚已是一个最良的代言人，对于普罗列塔亚是一个最恶的煽动家"，所以《呐喊》之类的小说，只配撕了去揩屁股。

再也找不到比郭沫若更会玩的文人，他能够理直气壮地扮演刁民，大喊"革命已经成功，小民无处吃饭"，不仅骂鲁迅，而且敢痛斥蒋总司令。左联时期，郭躲在日本研究甲骨文，发表了一部研究中国古代社会的专著，按照余英时先生的说法，这本书参考了摩尔根的《古代社会》，用"四两拨千斤的巧劲，把王国维的创获挪为己有"，结果在学界引起巨大反响。不管怎么说，这本书仍然值得一读，郭沫若在中国古代史方面的研究，终于成为一家之言，他的聪明也是一般文人所不能比拟。有趣的是，在世界性的红色的三十年代，左翼文学运动如火如荼，他竟然游离于这个运动的最边缘。一九三三年，蔡元培与鲁迅等人在上海成立中国民权保障同盟，茅盾的《子夜》和巴金的《家》先后出版，郭沫若却令人沮丧地因为"一时寻欢，由不洁的行为感染了淋病"，并过渡给了妻子安娜，安娜的性病一度很严重，郭不得不涎着脸，写信向行医的日本友人求援。

鲁迅死后，郭沫若完全改了口径，他说鲁迅比孔子还伟大，理由是孔子没有"国际间的功勋"，盛赞鲁迅是"中国民族近代的一个杰作"，是中国近代文艺"真实意义的开山"，"已经成为我们民族的精神"：

> 呜呼鲁迅，鲁迅鲁迅，鲁迅之前，既无鲁迅，鲁迅
> 之后，无数鲁迅，呜呼鲁迅，鲁迅鲁迅！

鲁迅先生地下有知，会对这种吹捧很生气，用郭的原话就是

"鲁迅是会蹙额的"。天知道郭沫若说了多少好话，只要是个日子，一定不放弃这种表扬。他属于那种勇于信口开河的人，想到什么说什么。纪念鲁迅成了中国文人一项隆重的政治活动，遇上忌日，必有一番热闹。在鲁迅逝世四周年纪念大会上，已经回国的郭沫若说：

> 鲁迅生前骂了我一辈子，但可惜他已经死了。再也得不到他那样深切的关心。死后我却要恭维他一辈子，但可惜我已经有年纪了，不能够恭维得尽致。

四十年代是郭沫若大放异彩的年代，流氓加才子没人提了，大革命失败后很长时间脱离共产党也被大家淡忘，他的五十岁寿辰成为文坛上的大事。周恩来在《新华日报》的头版上发表文章，称鲁迅为新文化运动的先驱，而郭沫若则是主将，鲁是开路先锋，郭是带着大家一起前进的向导。

由于战时生活单调，郭沫若的戏剧成为当时最重要的娱乐，有一次，他主动争取扮演《棠棣之花》中的死尸，一动不动地在台上躺了半个多小时。郭的会玩充分体现在他善于让自己成为公众人物，善于和各式各样明星似的人物来往，他很擅长于扮演名流的角色。一九四八年二月十日，郭沫若突然气势汹汹地写了一篇檄文《斥反动文艺》，痛骂沈从文朱光潜萧乾，用词之激烈，与当年谩骂鲁迅相比，更加气势汹汹。两天以后，他又写了一篇文章，大骂胡适，并预言"胜利必属人民，今日已成定局，为期当不出两年"。在同一天的春节联欢晚会上，他公开号召知识分子要甘心做"牛尾巴"，率领大家痛饮"牛尾酒"。有人把沈从文的自杀，说成是被郭痛骂的结果，这结论过于简单，然而说造成了巨大恐惧，应该没什么问题。这时候，文人之间的闹着玩已经很不好玩。一年以后，解放军如郭所预料的那样进入北平，在回答《新民报》记者的提问时，沈从文结结巴巴地说：

> 我觉得郭先生的话不无感情用事的地方，但我对郭
> 先生工作认为是对的，是正确的，我的心很钦佩。

这是典型的口服心不服，口是心非，要说挨骂，沈从文并不是第一回，但是这次他真的害怕了。一九四九年的春天，许多文人来到北平，准备为新政府工作，这些人中有许多是沈从文的好友，他们去拜访沈从文，发现他完全变了一个人，神情恍惚，心不在焉，全无老友相逢的激动。

七

文人之间闹着玩，奇文共赏，疑义相析。文人不争就不是文人，但是一定要辨别是非，区分正邪，争出胜负，希望"伟丈夫"出来解决问题，结果就可能是坏事。有理不在声高，有话好好说，文人玩政治，玩到临了，被玩弄的恰恰是自己，魔瓶的木塞往往由文人亲手打开。三十年代的苏联"大清洗"，审判一批苏军统帅，作家协会迅速做出反应，征集签名拥护死刑，作家帕斯捷尔纳克拒绝签名，当时有很多人努力做思想工作，包括作协领导和他的夫人，按照一般理解，这种行为的严重性，即使不掉脑袋，起码也要判个十年八年，但是帕斯捷尔纳克却安然活到了斯大林去世，于是有人因此认为，斯大林对文人的态度，要比对军人更慎重。

爱伦堡在谈到这一奇迹时，曾说帕斯捷尔纳克的幸存，与百依百顺的作家科利佐夫被处决一样，本身并没有什么逻辑，换句话说，游戏规则一旦打乱，当权者怎么做都行，怎么做都对。百无一用是书生，文人过分抬高自己不是好事。一九五七年，我的父亲和一些朋友响应组织号召，打算办同人刊物，曾向文坛前辈巴金征求意见，巴金示意不要弄，父亲觉得他胆子太小，已经落伍，不听劝，结果不明不白就成了"右派"。父亲和方之为此抱头痛哭，而心中最大的委屈，是不知道自己错在哪里。文人闹着玩最大悲剧莫过于此，只知道是错了，错在哪里，不知道，这里面竟然没有逻辑。

一九七五年十一月"反击右倾翻案风"，次年十月粉碎"四人帮"，极左势力走到尽头，郭沫若分别填写了《水调歌头》。我对古典诗词没有研究，听一位熟悉他为人的前辈说，以郭的旧学修养，还可以写得稍好一些。这是一句很精彩的玩笑话，充分体现了老派文人的机智。郭沫若是现代文人中最大的玩主，我忘不了那个前辈的不屑表情，在这个直截了当的表情中，蕴藏着巨大的潜台词。

王小波曾说过，知识分子能做两件事，是创造或者不让别人创造精神财富。文人相争，闹着玩玩，本来是为了更有利于精神财富出现，结果却走向它的反面。

二〇〇〇年五月十六日　河西碧树园

人，岁月，生活

一

　　"文化大革命"开始那年，我刚九岁，记忆中是一种轰轰烈烈的热闹。印象最深是播放供批判的电影《清宫秘史》，在当时，这种片子不让小孩看，正因为不让看，害得一帮毛孩子心痒痒的，千方百计想混入电影院。看守电影院大门的胖老头平时很喜欢我们，小男孩只要让摸一下小鸡鸡，便可以混入剧场看免费电影，但是这一次不行，戴红卫兵袖章的造反派把守着大门，事态顿时变得很严重。

　　有个大不了几岁的男孩混进了电影院，一连多少天，他为我们津津有味地复述《清宫秘史》。这是巨大的诱惑，我们玩弄了种种伎俩，一次次尝试，一次次失败，最后不得不十分沮丧地放弃。《清宫秘史》是部什么样的电影已经不重要，是爱国主义，还是卖国主义，都无所谓，关键在于大不了几岁的男孩获得了成功，这种成功对于我们来说永远是种煎熬。以后的岁月里，我常陷入毫无意义的思考，也许，把守大门的红卫兵和他是亲戚关系，是他的堂哥或者表姐，也许，这个爱吹牛的家伙根本没混进电影院，他只是转述成年人的观后感。

禁止是个很大的磁场，越是不允许，越可能犯禁。犯禁有时候是一种非常美好的享受。我们家以藏书闻名，有人来串门，首先赞叹的都是书多。有一天，造反派冲上门来，勒令父亲将"封资修"的黑书，统统用板车拉到单位里封存。什么叫"封资修"，当然小将们说了算，结果只留下半橱书，马恩列斯毛，再加上一些革命回忆录。在那些回忆录中，其中一套十六本的《红旗飘飘》，成为我当时唯一的读物，消磨掉许多时间。时隔三十多年，我对回忆录中的故事早已模糊不清，依稀记得那紫红色的封面，而印象最深刻的几位作者恰恰是著名的"黑帮分子"。在当时，许多老红军已不再是英雄人物，不仅被打成了反动分子，而且还被说成是军阀。

换句话说，革命回忆录《红旗飘飘》最初被我当作禁书来读，它们是造反派手中的漏网之鱼。在阅读中，我享受着一些小秘密。

二

"雪夜闭门读禁书"，这是读书人引以为快的一种境界。或许正是因为禁，一些书因此千古流传。各朝各代的禁书并不相同，早在"文化大革命"以前，中国文化中许多瑰宝就上了禁书黑名单，秦代禁《诗经》和《左传》，禁《孟子》和《庄子》，秦以后禁谶纬和天文类图书，禁佛禁道，到了宋代，开始有意识地禁文人的作品，譬如禁《苏轼集》，禁《黄庭坚集》，禁《司马光集》。相对而言，倒是蒙古人统治的元朝禁书最少，到了明清，文人的笔记要禁，从《逊志斋集》到《袁中郎集》，小说要禁，从《水浒》到《红楼梦》，戏曲要禁，从《西厢记》到《牡丹亭》，禁来禁去，列入禁毁图书的总数天知道有多少种。现代人大约永远也不会弄清楚焚书坑儒，究竟把什么书都烧了。从秦始皇开始，大规模禁书运动，从来没有真正停止过。

父母进牛棚不久，我被送到江南农村，在现在江阴长江大桥下不远处的一所祠堂小学读书。记得当时走得很匆忙，偷偷地在书包里揣了两本小人书，便在夜色中上路。一路都在武斗，通过车窗往外看，到处铺天盖地的大标语，头戴柳藤帽的造反派，扛着长矛大刀，列队从站台上跑过，一边跑，一边喊口号。总是停车，一停就是几个小时，好不容易到站，下火车，转长途汽车，然后再乘小火轮，在河道里绕来绕去。我永远不会说这是一次愉快的经历，整个世界处在疯狂之中，人人自以为是，不明白究竟在干什么。经过漫长的颠沛流离，终于到达目的地，这以后不短的日子里，我突然明白了什么叫寄人篱下。

我随身带了两本根据电影改编的小人书，一本是《堂吉诃德》，一本是《牛虻》。仅仅靠它们对付漫长的岁月，显然不够，我当时还不觉得《堂吉诃德》是一本多么了不得的书，电影连环画已是再创作，我毕竟是个孩子，文学欣赏水平很差。印象中，吉诃德先生又高又瘦，一脸愁容，而他的助手桑丘又矮又胖，一脸傻样。也许是离开父母的关系，我对《牛虻》的亲切感远胜于《堂吉诃德》，我不喜欢其中的爱情故事，让人入迷的是蒙泰尼里神父，他连续两次出卖了自己的儿子，两次出卖都激动人心，第一次他让牛虻成为革命队伍中的一名叛徒，第二次索性把儿子送上祭坛，最后，心痛欲裂的神父死了，他是那样的爱自己的儿子，心爱的儿子牛虻牺牲了，神父的生命也就失去意义。

　　江南农村的生活显然要慢几个节拍，与城市中轰轰烈烈的运动相比，这里多少还有几分宁静。作为阅读交换，我用两本小人书，与一位比我大十多岁的青年人，换了一本没头没尾的《钢铁是怎样炼成的》。因为没头没尾，我对这部小说的头尾，从来就没有真正弄明白过。一开始，我并不喜欢这部长篇小说，后来，有一个从上海回家奔丧的年轻中学老师，发现我在看这部书，便当着很多人的面，说我思想反动，还是小学生就看这种不健康的书。我忘不了当时的荒唐场面，尽管年轻的中学老师表现得很革命，但是在场的乡下人不明白他在说什么。

　　当我还是一个小学生的时候，我隐约知道一个事实，那就是"革命"可以成为一个最好的卖弄，再也没有什么比"反革命"更容易让人失去自尊。在省城，那些比我大不了许多的孩子，付诸的实际行动，是用人革的军用皮带，猛抽一位中年女教师。我到了江南农村以后，村子里发生的每一次运动，都和城里的文化人有关，一旦县里的什么指示下来，老实无知的乡下人立刻忙得屁颠颠。回来奔丧的上海人成了点燃革命的火种，不久，村子里便响起一片打倒之声，大队干部和富农挨村地游了一回街。

　　《钢铁是怎样炼成的》是一本不应该看的书。在没有认真阅读以前，我已经知道了这本书的症结所在。首先就是男女方面的问题，作者把冬妮娅这位资产阶级的小姐，写得那么美丽可爱，这意味着阶级立场的丧失，因为无产阶级和资产阶级之间没有任何爱情。考虑到读这本书的年龄，我还是一个小学生，爱情不仅不是个问题，对男女有别甚至也很朦胧。然而我却老气横秋，试图带着批判的眼光去阅读，结局自然很滑稽，我因为别人说不应该看这本书，于是存心作对地非要看，想批判冬妮娅，临了情不自禁地喜欢上她。也许现实生活中，遇到的都是一些不可爱的事情，我觉得冬妮娅让人心痒痒的。也许这是一个小男孩异性之爱的前奏曲，反正冬妮娅仿佛冬天里的阳光，只要有她出现的章节，春天的气息便突然降临。真不明白保尔·柯察金最后为什么不爱冬妮娅，我觉得他有点傻。

三

离开江南农村，重新回南京读初中，我开始留心文学作品中的爱情。"文化大革命"正在向纵深发展，我的父母已成为"死老虎"，只不过是陪斗的对象，造反派对他们没什么大兴趣。由于单位的房源太紧张，年轻人结婚没地方，我们家被一隔为二，南面的一间大房子腾出来，成为别人的新房。被抄没的藏书也发还了，理由还是因为房子紧张。在这场史无前例的运动中，我们家的藏书损失了五分之二，父亲提到此事，难免一种幸运之感。当初如果不是突然来抄家，父亲很可能把所有的藏书统统送到收购站，作为罪证销赃。由于被没收的藏书还是个罪证，即使发还了，父亲也必须把它留着，随时随地供批判使用。

很长时间内，父亲担心家中的藏书流传出去，会有传播毒素的嫌疑。他开始了一件很愚蠢的行动，就是把很多可能有问题的图书，都用牛皮纸将封面包起来。翻译的外国文学作品大都保留下来，而损失的都是国产小说，造反派中显然也有窃书不算偷的雅贼，只不过他们的趣味，更多的是《苦菜花》《林海雪原》一类的小说。当时年轻人上门借书是件很尴尬的事情，出于对造反派的恐惧，父亲不敢拒绝他们，可是更担心"放毒"的罪名。好在这样的年轻人并不多，即使有，用今天的话来说，也是素质较好渴望上进。很多事情现在说起来和梦一样，"文革"前高高在上的省长和省委副书记，这时候成为最大的闲人，借散步偷偷地到我们家做客，像普通平民一样诉说自己如何挨批斗，临走前，在父亲的推荐下，拎一包书带回去看。

越是到"文革"后期，父亲对书中的"毒素"警惕性越低，虽然心疼自己的藏书，他开始喜欢那些上门借书的年轻人。很快，因为借书终于惹了些事，所幸与政治无关，两个各有家庭的青年男女，通过交换小说，互递情书，而纸条便夹在那些有爱情描写的章节里。吃醋的丈夫大打出手，偷情的男主角狼狈逃窜。我的母亲十分担心，认定是小说在其中扮演了很不光彩的角色，她和父亲展开激烈的讨论，得出了一致结论就是，既然无法拒绝别人借书，为了怕小说中的资产阶级把我也教唆坏，最稳妥的办法是加强对儿子的禁书，我成了男女偷情的直接受害者。

可以说我的整个青春期，都在和父亲的禁书做不懈斗争，"九一三事件"以后，南京又一次掀起了大挖防空洞运动。我不明白它的背景和意义何在，与我们家有切身利益关系的是地基下陷，整栋小楼突然变成了危房。于是只好匆匆搬家，去住学生宿舍，父母一间是楼上，我和几千册藏书在另一间，是楼下，朝北。父亲和我谈过无数次话，希望我做一个听话的孩子，他以自己为例，说明看外国小说的危害。父亲当时还没有解放，或是刚解放，反正充满了要重新做人的信念。他的话我每句都听了，然而没一句话听进去。那时候的文艺界人士，动不动就下乡，一会是干校，一会去海岛体验生活，少辄半年，多就是一年，父亲想用他诚恳的谈话打动我，完全是白费心计。

还是那句话，我所以入迷小说，最直接的动机仍然是大人不让看。就像禁毒一样，如果不能从来源上一刀切断，禁毒的成效肯定大打折扣。我成天睡在书堆里，因为房子太小，原有的书橱放不下，许多书只好堆放在地上，一伸手就可以拿到，要我像太监一样，成天面对后宫成群的美女不动心，显然不现实。我在无意之中发现了雨果，有一本叫《笑面人》的小说让我爱不释手，这或许是作者最不重要的一本书，然而正是因为"笑面人"的特殊表情，我才会去看《九三年》，看《巴黎圣母院》，看《悲惨世界》。八十年代初期，伯父让我选一本世界文学名著缩写，我毫不犹豫地选择了《笑面人》，着手准备的时候，突然发现时过境迁，我和这样的小说已经格格不入。

在雨果的小说中，我最痴迷的是《九三年》，这本书让人痛哭流涕，我在本子上大段大段摘抄对话，长时间地沉浸在小说中出不来。我永远忘不了那最后一章，断头台矗立在晨曦中，"外形很像一个希伯来字母，或者古代神秘字母之一的埃及象形文字"。男主人公在读者的热泪中，被押上了断头台，太阳出来了，经过一段精彩的对话，郭文人头落地，西穆尔登开枪自杀。《九三年》给我的教诲，远远超过课堂上给我的东西，在文化的沙漠上，雨果成为一片绿地。是雨果奠定了我最初的文学基础，时至今日，我仍然觉得他的作品是最好的中学生读物。

因为有了雨果，才会去看托尔斯泰，看巴尔扎克。高中的一段时间里，我始终摆脱不了《复活》的影响。我总有一种犯罪的感觉，雨果可以激发一个人的英雄气概，托尔斯泰却让你想到原罪。原罪是一种很奇怪的感觉，我想象自己做了什么样的坏事，想象自己如何忘恩负义，如何经受不了魔鬼的诱惑，然后陷入深深的赎罪之中。在同时期，我还看了萨巴哈丁·阿里的《我们心中的魔鬼》，这部并不太著名的土耳其小说让我记住了阿梅尔。阿梅尔和诱奸了年轻女佣的聂赫留朵夫一样让人耿耿于怀，言谈思想和实际行动充满矛盾，他深爱自己的妻子，却可以当着妻子的面拥抱另一个女人，他看不起狐朋狗友，偏和他们保持友谊，他甚至敲诈别人，这使他极端地鄙视自己的行为，结果又把敲诈来的钱扔掉。

我的青少年时代有着太多的时间，中学时代没有家庭作业，高中毕业待业一年，然后到工厂当了近四年的钳工，如果不看小说，我不知道该干什么。恢复高考以后，我进入大学，中文系老师开出一个很长的阅读书目，我突然发现大部分都已看过，而自己看过的无数小说，并不在书目上。我发现自己在不知不觉中，看了大量小说，深受资产阶级的毒害，为此，我的父母曾经非常失望。小说影响了我的做人，我变得十分内向，当我因为某些事情显得很固执的时候，我的母亲便叹气，认定是小说将我教坏了。

四

我一向觉得自己对"文化大革命"记忆犹新，然而近来在许多事情上，却开始感到了模糊。记不清楚是哪一年，大仲马的《基度山伯爵》在私下里突然很流行，或许是好莱坞拍过电影，电影明星出身的江青特别喜欢这本书。由于这部书解放后没有译本，解放前的译本虽然印了四版，总数也不过三千多册，因此有机会看过这本书的人很少。有一年暑假，为了让堂哥三午为我复述故事，不得不把祖父给的零花钱统统买香烟，因为逼他讲故事的条件，是必须源源不断地提供香烟。

高中毕业以后，我开始对小说之外的故事感兴趣。"红都女皇"的青睐是最好的包装，我拼命地想弄明白《基度山伯爵》究竟怎么一回事。诱惑别人阅读的理由可以有许多种，越是不让看，越是不容易得到，人们越千方百计。父亲的全面禁书令既然完全不起作用，他便试图用怀柔政策来控制局势，他让我读真正意义的世界名著，开始让我看巴尔扎克，看狄更斯，看哈代，看契诃夫，看《罪与罚》和《卡拉马佐夫兄弟》，看亨利希·曼和托马斯·曼，看一部分的左拉，因为有些自然主义显然少儿不宜。我总是和父亲的阅读指导格格不入，有的书已经看过了，有的书根本不想看。我变得老气横秋，有时甚至感觉自己比父亲知道的事更多。譬如谈到德国小说，我当时最喜欢的是雷马克，喜欢《凯旋门》和《西线无战事》，八十年代初期，北岛在《今天》上发表小说《波动》，这小说受雷马克的影响显而易见。当然，除了雷马克，或许还能看到一些苏联小说《带星星的火车票》的影子。

我已经记不清自己为什么会喜欢雷马克，在书的海洋中漫步，我曾经无数次地喜新厌旧。可能是受堂哥三午的感染，他比我大十几岁，在文学上给我的影响，丝毫不亚于我的父亲。可能是译后记的介绍，雷马克竟然那样成功，他的书还没写完，译本已经同时在世界各地报纸上连载。他跟当时同样声名鹊起的海明威和菲茨杰拉德是好朋友，很多小说都被改成了电影，其中《三伙伴》由菲茨杰拉德改编成电影剧本。我从未想过将来有一天自己也会成为一名作家，引起阅读的动机，除了想犯禁之外，小说之外的故事至关重要。我喜欢那些有故事的作家，雷马克的小说不只是畅销，更重要的是他能够坚定不移地反战，是一个杰出的

"战斗的和平主义者"，他的小说与亨利希·曼和托马斯·曼的小说一起被公开烧毁，同时被扔进火堆的还有布莱希特的作品。因为拒绝回到法西斯德国，雷马克在二次大战爆发前夕被褫夺了德国国籍，而写《我们心中的魔鬼》的萨巴哈丁·阿里，却由于他犀利的笔锋直指当局，最后被"泛土耳其主义者"的特务暗杀，在卡拉拜尔森林里，锋利的匕首刺进了他的脊背。

虽然当时的阅读人群是一个很小的圈子，但是一本人们在悄悄谈论的书，我如果没看到，那真是很难受很难受。八十年代中期《日瓦戈医生》全译本问世，我发现一个让人很难堪的事实，十年前，读到以"内部发行"字样出版的节选本时，我是那么激动，一次次热泪盈眶。我喜欢这本被称为"黄皮书"的小册子，虽然它的实际篇幅，只有全书的五分之二，却已经足够了。十年后，终于将初版的全译本买回家，只是翻阅了前几章，竟然再也不想看下去。我曾经是那么喜欢帕斯捷尔纳克的故事，他获得了诺贝尔奖，但是意识到已伤害自己的祖国时，毅然放弃了领奖。这种放弃实在太令人咀嚼玩味，他拒绝离开苏联去"领略资本主义天堂的妙处"，对于一个作家来说，生他养他的祖国是那么重要，以至于离开家乡就没有办法继续生存下去。愤怒的群众在他住所的周围骚扰，呼口号，扔石块，文化官员羞辱他，说他是一头"弄脏自己食糟的猪"。不难想象作家本人内心深处的极度痛苦，人们为一种莫名其妙的意识形态而发狂，大家都不看他的作品，当然想看也看不到，在中文全译本问世以后，也就是已到八十年代中期，这本书仍然还没有在苏联公开出版。帕斯捷尔纳克所受到的伤害是致命的，在获奖的第二年，他黯然离开人世。

帕斯捷尔纳克和日瓦戈医生的故事，浑然成为一体，这故事让我刻骨铭心。"文化大革命"后期，我知道很多热爱文学的人，私下里没完没了地谈着小说。这些人几乎全比我岁数大，有的是知青，有的在工厂里当工人。我敢说这都是一些有写作才能的人，然而在特定的年代里，他们并没有去真正尝试写作。写作不仅仅是个禁忌，而且太神圣，因为他们知道伟大的作家们是怎么写作的，既然有伟大作家作为参照，便有充分的理由鄙视当代写作。今天文坛上的一些著名人物，正是从那个时期开始写作。

事实也证明好事不可能老让某一个人占着。由于阅读不是为了要当作家，我可以随心所欲地读自己想看的东西，世界文学名著吓不了我，它给我带来唯一的功利心，是自己曾经读过这些玩意，就好比种过牛痘，有了那块难看的小伤疤，我已经有了害怕别人说自己无知的免疫力。在读中国现代文学研究生期间，有一

次和外国文学专业的研究生聊天，我近乎卖弄地大侃哈代，喋喋
不休地说《无名的裘德》，结果这位研究英国十九世纪末文学的
同学大吃一惊，因为在八十年代中期，现代新潮之类的词汇甚嚣
尘上，哈代早就是一个很少有人关心的作家。差不多同时期，一
家出版社要出版一本书，介绍美国文学在中国的影响，编者让我
谈一下自己所知道的美国作品。我觉得如果照实说，不是卖弄
也是卖弄，我们家藏有差不多一橱的美国书，马克·吐温、杰
克·伦敦、德莱塞、辛克莱·路易斯、尤金·奥尼尔、法斯特，
每个人都有不少译本，说全部看过自然是吹牛，就算看了二分之
一，也足够多了。

　　结果只能谈海明威，我曾写过一篇六千多字的文章，谈海
明威对自己的影响。我想父亲肯定也喜欢海明威，否则不讲究版
本的他不会收集那么多海明威著作。仅以《永别了，武器》为
例，便有四种版本，它们分别是《退伍》，一九三九年启明书局
初版，由余犀译述；长篇小说节选本《康勒波康》，马彦祥译，
一九四九年晨光出版公司初版；《永别了，武器》，林疑今译，是
大家最熟悉最权威的一个版本，一九五七年新文艺出版社出版，
印了一万多册；最后便是《战地春梦》，这是前一个版本的克隆，
译者还是林疑今，改了一些字，一九八一年贵州人民出版社出

版，第一版就印了十万册。有两个解放前的小册子大约很少有人见到，一本是《蝴蝶与坦克》，是冯亦代先生译的，叶浅予先生设计封面，还有一本是《在我们的时代里》，由马彦祥翻译，它曾是我最初写小说的直接样板。

五

从"文革"后期开始，海明威悄悄地被文学青年所热爱。就我个人来说，必须感谢爱伦堡的回忆录《人·岁月·生活》，这本书对我的影响非同一般，虽然我家里只有三卷，它已经足以使我获得一份应该读什么书的名单。这本书让我发现了一个新大陆，从此，凡是印有"内部发行"和"供内部参考"字样的书，都值得一读。在那段时间里，有过阅读经验的人都知道，"黄皮书"中趣味无穷。有一段日子里，我专找"黄皮书"看，这些内部出版物毫无疑问地成了人生教科书。就好像薄伽丘说的那个故事，为了把年轻人培养得纯洁无邪，我们被放进了文化的沙漠中，为了防止产生欲念，我们又被告诫那些美丽的女孩是"绿鹅"，但是所有这一切都是徒劳，苦心禁忌的结果，是所有的年轻人都惦记买头"绿鹅"回去。

　　如果不是处在一个禁书的时代，我还会看那么多书吗，答案显然是不会。成天看小说可不是什么健康的活动，在这个世界上，本来有许多有意义的事可以做，因为无聊而看书，是一个社会极大的悲哀。我的父母不让我养金鱼，不让养小鸟，不许说牢骚怪话，甚至觉得儿子越没文化越好。全社会只有八个戏可以看，小说只有《艳阳天》和《金光大道》，课堂上学不到任何东西，中学毕业后程度还和小学生一样，再也没什么比这种现状更糟糕。时至今日，书店什么书都能买到，图书馆什么书也能借到，人们想看书的念头反而不如过去激烈。就其大趋势而言，这是一种显而易见的进步。现代人往往为做学问才看书，这种美其名曰的做学问，有时候只是为文凭，为职称及待遇，说白了并不比无聊才看书好到哪里去。

　　"黄皮书"对我来说，或许要比世界名著更有影响力。"文革"初期，几乎所有的世界文学名著都是毒草，到了运动后期，不少作品事实上已悄悄解禁。青山遮不住，毕竟东流去，一些西方古典名著在"批判资本主义社会"的招牌下，正在成为公众读物，成为好学向上的举动而被社会认可。我奇怪自己为什么会有那么强烈的逆反心理，这种情绪即使到了今天也依然不改。多年的阅读经验让我养成习惯，一个人脑子只要没什么问题，就绝对不存在不能看的禁书，同样，也不存在一定要看的必读书。变好变坏的理由可以有许多，一本书把人看成雷锋，或者看成希特勒，更多的时候只是借口，书并没有那么大的魔力。

但是，确实存在着一类书，让人全心全意想看。内部发行的"黄皮书"像个百宝箱，一旦打开便让人目瞪口呆。我对那些传统意义的古典作品，产生了厌烦情绪，文学发展的演变史开始对我起作用，因为有了"黄皮书"，我觉得十九世纪的外国文学都有些老掉牙，更能吸引我的是那些现代派作品。现代派作品曾在八十年代中期作为时髦流行过，但是，根本就不是什么新鲜事，它不过是死灰复燃，在中国的文坛上，早已折腾过好几回。对于七十年代中后期读小说的人来说，爱伦堡《人·岁月·生活》是最好的导读，这本书为读者提供了一大堆现代派艺术家的肖像，小说家、诗人、画家、音乐家，一个个栩栩如生，足以作为楷模。现代派的精神实质是反叛，是和社会的不合作，我想象自己如果是作家，绝对不会歌颂战争，而是自发产生一种海明威式的左倾，融入红色的三十年代中去。如果我是个画家，就像毕加索那样，和传统的绘画开一次最彻底的玩笑。

处在当时的恶劣环境中，从来没有产生当作家的念头，这是一件很自然的事。我不屑去做一个写听命文章的人，更不愿意去阅读当代作品。当代走红的作品实在惨不忍睹，譬如《虹南作战史》和《较量》，我的父亲出于藏书习惯将这些东西买了回来，居然也能够在书橱上放一大排，除了搬家时有人挪动一下，谁也不愿意把它当作品看待。"文革"结束前后，一批粗制滥造的小说，像雨后春笋一般地冒出来，从那时起，我就产生了一种坚定的信念，世界上从来都存在着不同的写作，如果一些人是作家，另一些人就不是作家，这两类写作者水火不容。写作者是这样，读者也是这样。一段时间里，我被这样一些作品所左右，苏联小说《感伤的旅行》和《带星星的火车票》，法国小说《厌恶及其他》和《局外人》，美国小说《在路上》和《乐观者的女儿》，英国小说《往上爬》和剧本《愤怒的回顾》，这样的名单可以开出长长一大串，它们的共同点是都被当作批判材料引进，毒草可以变成肥料，结果我也成为一名颓废的愤怒青年。

六

　　"黄皮书"是"文化大革命"前的产物，在所谓的三年自然灾害之后，出了一批这样的内部读物。让人感到奇怪的，同样是爱伦堡的作品，长篇小说《解冻》实在没什么好看，即使到了

"文革"后期，这本书仍然那么无趣，让人读不下去。"解冻文学"和"伤痕文学"在内容上，有异曲同工之妙，唯一的区别是时间上的差异。产生"黄皮书"的背景究竟是什么呢？"供批判使用"的"内部发行"的幌子下，是否还掩藏着什么？

作为"黄皮书"的变种，"文化大革命"中还出现过多种"白皮书"和"蓝皮书"，越是到运动的尾声，各种名目的内部出版物就越多。父亲对于收集这些书永远兴致勃勃，即使一边写着深刻检查，刚刚被批斗过。"右派"在"文化大革命"中时不时被拎出来踏上几脚，习惯成自然，除了在那些最糟糕最黑暗的日子里，父亲总是想方设法将内部出版的书籍弄到手里。或许是对我采取了禁书的原因，他一度很不愿意和我谈论文学，可是一旦禁书不起任何作用，他便成了我最好的聊天对象。为此，我的母亲曾经真正地伤心过，她觉得我们像两只相斗的蟋蟀，整天叽叽喳喳地谈小说。受五十年代苏俄文学的影响，父亲更爱看反映苏联现实生活的内部读物，譬如柯切托夫《你到底要干什么》，巴巴耶夫斯基的《现代人》，邦达列夫的《热的血》，李巴托夫的《普隆恰托夫经理的故事》。甚至到了一九七八年，人民文学出版社还用"白皮书"的形式，出版了一批"供内部参考"的读物，考虑到翻译和出版所需的时间，这些书很可能在"文革"后期就开始运作，譬如《岸》，譬如《白比姆黑耳朵》，譬如《蓝色的闪电》。

我第一次见到萧乾先生，大约是一九七四或者一九七五年，他正以有罪之身，做些翻译工作。据说巴金先生在"文革"后期，也是享受同等待遇，在翻译赫尔岑的《往事与随想》，不过他的译著要到"运动"结束以后，才能出版。我现在已经绕不清哪本书和萧乾有关，只记得他走了以后，伯父说萧乾可以用英文思考，这是对人外语好的一种高度评价。他带来一种大字本的《敖德萨档案》，是他翻译还是校对记不清，反正这是我见到的第一本有关纳粹屠杀犹太人的文学作品，给我带来的震动远远超过二十多年后的《辛德勒名单》。更让我想不明白的，是有一批日本小说，因为时间久远，不能确定是否和萧太太文洁若女士有关，这些小说消磨了许多时间，它们是《日本的沉没》和三岛由纪夫的《丰饶之海》，多卷本的《丰饶之海》太长了，祖父没有精力把它看完，结果只好由孙辈先看，然后将故事复述给他听。

安东尼奥尼的一部电影在"文革"中非常热闹，报纸上连篇累牍地批判，我至今也没有看过，一直不明白这位很不错的意大利导演如何得罪了中国。我有印象的是黑泽明的《德尔苏·乌扎拉》，记忆深刻当然不是因为它得了奥斯卡最佳外语片奖，因为同时获大奖的还有福尔曼的《飞越疯人院》，无论是中国的读者还是观众，在过去对是否得世界大奖并不在乎，把诺贝尔文学奖和奥斯卡奖当回事，绝对是这些年的时髦。在一九七四年，《德尔苏·乌扎拉》正在拍摄的时候，中国方面就做出强烈反应，一本名为《反华电影剧本"德尔苏·乌扎拉"》的书很快出版，或者对发生在珍宝岛的冲突记忆犹新，在大量的附录文章中，批判的火焰十分炽烈，口诛笔伐，把黑泽明骂个狗血喷头。

这是一部描写中苏边境故事的电影，黑泽明显然陷于两边不讨好的尴尬。在《拍摄"德尔苏"是我三十年来的梦想》一文中，黑泽明用几乎是沮丧的语调，为自己做着辩护，他认为已经很公平了，但是双方都不满意。虽然他一再表示，"不愿意把政治搬进影片中去"，由于拍摄资金都是苏联方面拿出来的，中国方面更有理由觉得黑泽明偏袒了俄国人。看电影剧本和看电影感觉也许不一样，我当时的印象是，影片的主角是赫哲人德尔苏，他本身就是一个中国人，是正面人物，故事说的是人和自然的关系，如果不是高人指点，还真看不出险恶用心之所在。有趣的是，这本书收录的大量批判文章，统统是以日本人的名义发表的，日本左派组成了《德尔苏·乌扎拉》研究会和批判组，遣词造句全是"文革"风格，真有理由怀疑这是个"托儿"。不好的辩解会帮倒忙，影片中的坏人是"红胡子"，也就是通常所说的土匪。把人搞糊涂的是这帮研究会和批判组，硬把土匪红胡子说成是中国人的代表，而少数民族赫哲人反而不是中国人，这说法简直比"苏修"还反动。

七

"文化大革命"是一片文化沙漠，能找到几处绿荫，是一件幸运的事情。其实文化沙漠也并不一定特指"文革"，只要放松警惕，不吸取教训，沙漠化的现象随时随地都可能卷土重来。"文革"语言和"文革"思维，绝不会伴随那场不可思议的政治运动一去不返，旧的禁书取消了，新的禁书说不定正在酝酿。禁书的魅力是无穷的，我记得一位非常好的地下诗人，在"文革"后期看了几首阿赫玛托娃的诗，当然是供批判用的，非常激动地大声嚷嚷，说自己太爱她了，恨不得立刻就娶她为妻。这是一个极端的例子，阿赫玛托娃的年龄足以做这位年轻诗人的祖母，且她已在十年前过世。她去世的那一年，正好是轰轰烈烈的"文化大革命"开始之际。

年轻诗人并不是在作秀，他只是从批判文章中认识阿赫玛托娃，不可能对她做出全面判断。但是就像每一滴水，都能折射出太阳的光辉一样，诗人的敏感已经足以让他意识到阿赫玛托娃的不同寻常。一九七八年，在当了四年钳工以后，我有幸进入大学，在课堂上听老师讲文学概论，那是我听过的最糟糕的课程之一。出于礼貌，我把季莫菲耶夫的几本文学理论方面的小册子找出来看，所以会想到他，是因为一次极其偶然的阅读，从他那本厚厚的《苏联文学史》中，读到了俄罗斯白银时代的诗人勃留索夫和勃洛克的有关章节，我喜欢这些章节中引用的诗歌，这些诗很新颖很出色，而那本《苏联文学史》却不是一般的差劲。为了几首引用的小诗，喜欢上一个诗人或许是片面的，但是，在一个沙漠化的时代里，还能有什么更高的奢求。

进入大学以后，我才发现竟然没有看过《红楼梦》，对中国的古典文学作品，除了大路货知道一些唐诗宋词，知道几篇明清散文，自己是那样的无知。回忆阅读生活，我发现自己差不多总是和社会提倡的阅读不合拍，正是由于这个原因，我永远成不了老师眼里的好学生。如果可能，我更愿意做一个书海里的独行侠，爱看什么就看什么，不想看哪本书就把它扔掉。我依然还是那个想混进电影院看成人电影的顽童，也许，人生来就享有阅读的自由，父亲试图剥夺我青少年时代的这种权利，我有意识地想让正上中学的女儿读世界名著，结果都是枉费心机。禁忌往往是最好的动力，也许，不让女儿看书反而歪打正着，我们今天把中学生不读世界名著，简单地归为高考压力，其实也不过是欲加之罪，何患无辞。没有高考压力的成人，又有多少是在读书，我们自己不读书，怎么能够苛求孩子。

年轻的一代，正在成为媒体牺牲品，我女儿现在最关心娱乐新闻，唯一的文学读物只是张爱玲，我并不反对女孩子抱着《传奇》和《流言》，但是，如果只读张爱玲，便会成为很严重的问题。我小时候遭遇了禁书时代，现在却进入媒体时代，传媒挥舞一只无形的大棒操纵一切，过去是不让读，现在千方百计有意识地让你读。传媒的眉飞色舞，有时候和禁止一样可恶，因为传媒很可能教唆读一些真正不好的东西。我的朋友聊天时，曾大谈禁忌时代的好处，他从一个写作者的态度着眼，认为二十世纪中，中国作家不够出色，根本原因在于不能处理好与禁忌的关系。无所禁忌的前提是有所禁忌，作家不能让他们太舒坦，没有了方方面面的压力，没有这样那样的负担，不戴着手铐脚链，作家就不会太有出息，艺术必须是苦难和痛苦的结晶，必须打碎镣铐。禁忌是过去一代作家的本钱，而当代作家恰恰在这方面吃了大亏。表面上看，当代写作什么都能玩，甚至连另类也是时髦的代名词，都到了这份上，作家还有多大的戏能折腾。

不能说朋友的话全对，虽然有打击一大片的嫌疑。写作与阅读紧密相连，如今什么样的书都能找到，有书看有时候会等于没书看。也许正是从一点出发，生活在当代，未必就是真正的幸运。

二〇〇〇年七月二十九日　河西碧树园

江南女子

从西施说起

能叫出名字来的美女，而且还得成为正面形象，最早的也许就是西施。西施长得究竟如何，我一直很怀疑。我们都知道东施效颦这个成语，美是不能模仿的，不仅不能模仿，就算用笔来描述，也是一件十分困难的事情。古人用沉鱼落雁来形容女人的美丽，表面上看是个高招，其实也是黔驴技穷，想不出别的什么办法，不过是利用通感打马虎眼。轻而易举地就能找出一大堆形容美女的词儿，这些词儿再漂亮，只能是绕圈子，隔靴搔痒。巧笑倩兮，美目盼兮，翩若惊鸿，婉若游龙，宋玉在《登徒子好色赋》中写道：

　　增之一分则太长，减之一分则太短；著粉则太白，施朱则太赤；眉如翠羽，肌如白雪；腰如束素，齿如含贝；嫣然一笑，惑阳城，迷下蔡。

后来的文人写美女，不管大才小才，东扯西拉，基本上这个套路。清人在为《板桥杂记》作序时曾说：

　　传美人难于传英雄，英雄事业，如印板文字，易于点窜，美人之一笑一颦，一盼一睐，能倾堕城国，役使百灵。作者当搦管吮毫时，其精神已为美人之灵所摄，纵横卷舒，不能任意。子长能传楚霸王，而不能传虞姬，非子长到此才尽，实子长至此胆怯也。

江南女词人吴文璧也有类似的意思，她的《咏虞姬》仰天长叹，直逼李清照的《乌江》。李清照称赞霸王：

　　生当作人杰，
　　死亦为鬼雄。
　　至今思项羽，

不肯过江东。

吴文璧却为虞姬打抱不平：

大王真英雄，
姬亦奇女子。
惜哉太史公，
不纪美人死。

司马迁岂止是没纪虞姬之死，连活着的虞姬也没写。不写是因为太难写，以太史公的笔力，都感到困难，更何况后世不争气的文人。我们不知道虞姬是何方人氏，楚霸王没脸回江东老家，只能假设她也是江东同乡，应该算作江南女子。楚汉争雄，不论胜败，项羽刘邦注定写进历史，而虞姬只是轻轻地带过一笔。总算梅兰芳为虞姬做了些实事，《霸王别姬》成了梅派的保留剧目，虞姬因此也得到普及，可惜梅先生的眼睛太大，太亮，扮演的虞姬怎么看都不太像古典的美人。

西施之千古留名，表面上是因为她漂亮，实质上却是因为她的间谍生涯。西施是女间谍的鼻祖，是世界上美人计最成功的范例。据记载，西施到了吴国以后，一起得到吴王夫差宠爱的还有一位郑旦，吴王显然是很爱这两位来自越国的美女，以至于郑旦一直很内疚，觉得吴王如此爱她们，她们不应该背叛吴王，以怨报德。爱是没有国界的，然而西施的心肠似乎很硬，传奇小说上写她是那种有复国大志的女子，她的思想境界非常符合女英雄的身份。

让人百思不解的，是西施始终没有成为反面形象。从正史的角度看，西施是一个典型的女人祸水的故事，英雄难过美人关，尽管吴王夫差是一个很有男子气的君王，临了还是栽倒在西施的石榴裙下。有很多理由可以指责西施，背信弃义，搞阴谋，甚至还有第三者，但是情人眼里出西施，别人这么做不对，不可以，放在西施身上，就可以找出种种理由原谅。千百年来，人们对西施就是恨不起来。我一直不喜欢卧薪尝胆这个传说，如果是民主选举，我毫无疑问会投夫差一票。好男儿应该真枪真刀，越王勾践为了麻痹吴王夫差，竟然不惜在吴王的宫里尝屎。这是一个想到就恶心的记忆，人即使忍辱负重，也不至于惨到这一步。失败的勾践在吴王宫里当差，成天装孙子，吴王身体欠佳，勾践当着吴王的面，尝了尝吴王拉的屎，讨好地说：大王身体很快就要好了，因为大王的屎有一股酸味，说明大王的消化系统正在恢复正常。

究竟是因为勾践吃了屎，还是因为西施在枕头边不断吹风，吴王夫差终于放虎归山，让勾践重新回到已经被吴国灭亡的越国旧地。故事的结局大家都知道，西施的结局有很多种传说，十有八九都是悲剧。其中广为流传的是吴国灭亡之后，西施被装进皮口袋投入江中，为此，唐李商隐《景阳井》诗云：

> 肠断吴王宫外水，
> 浊泥犹得葬西施。

另一位唐诗人皮日休，在《馆娃宫怀古》中也说：

> 不知水葬归何处，
> 溪月弯弯欲效颦。

林黛玉小姐在《红楼梦》中跟着凑热闹，饭后无事，挑了历史上的几位大美人，一口气写了五首诗，打头的一首，便是吟西施的：

> 一代倾城逐浪花，

吴官空自忆儿家。

效颦莫笑东村女，

头白溪边尚浣纱。

意思都差不多，有时候真闹不明白，人们喜欢和留恋西施，是由于她美丽动人，还是由于成功的事业，或者由于红颜薄命。名士青山，美人黄土，不同的人不同遭遇，便有不同的角度，表面上看，当然是因为爱美，爱美之心人人有之，然而往深处挖，可能又是因为事。人以事传，历史上的美人数不胜数，"英雄事业，如印板文字"，如果没有颠覆吴国的功勋，西施的故事也许根本就不复存在。四十年代与张爱玲齐名的女作家苏青在《论红颜薄命》中，曾不无幽默地写道：

譬如说吧，西施生长在苎萝村，天天浣纱，虽然有几个牧童，樵夫，渔翁等辈吃吃她豆腐，她的美名可能传扬开去到几十里以外的村庄吗？即使她有一天给挑水夫强奸了，经官动府起来，至多也不过一镇的人知道，一城的人知道足矣，那里会名满公卿，流传百世，惹得文人骚客们吟咏不绝呢？

李白称赞西施"秀色掩古今，荷花羞玉颜"，这是泛泛的表扬，属于应景文章，倒是另一位唐诗人王维独具慧眼，颇有感叹地留下了这样的诗句：

> 谁怜越女颜如玉，
> 贫贱江头自浣纱。

西施所以成为西施，关键在于获得机遇，大丈夫成功立业，楼船一举风波静，江汉翻为雁鹜池，如果西施在吴越争霸中，不是扮演了那么吃重的角色，她不可能流芳百世。几千年来，有多少美丽的江南女子，默默无闻地在江边溪头浣纱。艳色天下重，西施宁久微？朝为越溪女，暮作吴宫妃。西施的高明之处，在于没有仅仅满足于富贵荣华，没有因为一时间改变了自己的贫贱身份，就忘乎所以，就高枕无忧。西施是道道地地的女英雄，是灭亡吴国的祸水，是复兴越国的功臣，人生一世，有时候非得狠狠地折腾一番，才能够有所作为，才能流芳百世或遗臭万年。树挪死，人挪活，假设西施一辈子老老实实在江边溪头浣纱，假设西施安安分分一直做吴王的宠妃，西施的故事肯定是一点味道也没有。

莫愁，莫愁

南京有个莫愁湖，旧称"南都第一名胜"，想不明白为什么会如此名重，有一种说法是莫愁湖因为莫愁姑娘得名，莫愁为绝代佳人，艳称古今。关于莫愁究竟是什么地方的女人，有多种说法。比较有趣的是两本考证书，一本是《金陵莫愁考》，另一本是《莫愁非妓辩》，不仅力证莫愁是南京的女人，而且强调她的出身，是好人家的女儿，绝非烟花贱质。凡事一当真就特别可笑，事实上，莫愁既然能有多种传说，正好说明不一定特指某一位女士，很可能是许多女子的化身，再说，就算莫愁是个歌妓，也没什么可以大惊小怪。清净荷花，污泥不染，歌妓中不缺乏好女人，这是古今中外历史已经证明的事实。在文学作品中，妓女的形象不论国内国外，都不是太坏，不仅不坏，有时候甚至好得过分。旧时代的女子，想要留名后世，很不容易，除非真有西施那样的特殊运气，被选进皇宫，又干出一番大事，否则，最好的成名机会，也许就是当妓，有幸遇上那些风流文人，被写进文章或者诗歌之中，文章诗歌留了下来，于是这些女子也跟着流芳百世。

　　已故的张弦先生在越剧《莫愁女》中，将莫愁处理成悲剧人物，他将原本应该属于六朝的故事，移植到了明朝。七十年代末期，该剧十分成功，曾经连演一百多场，后来又拍成电视戏曲片，在南京影响很大。对于传说中的人物，怎么改编都可以，然而我不赞成将莫愁写得可怜巴巴的。中国老百姓胃口总是不停地变化，一会喜欢轻松的喜剧，一会又要看惨兮兮的悲剧，《莫愁女》中都是眼泪，许多人受戏的影响，已经快闹不明白"莫愁"这两个字，究竟是什么意思。

　　莫愁莫愁，不知忧愁，古代美女取名莫愁，望文生义，显然是一位性格活泼可爱的姑娘。莫愁是一种姿态，我喜欢莫愁这两个字，它是和平年代风俗画中的重要点缀，传神地表现了古代江南女子的性格特征。历史上的莫愁不应该是多愁善感，莫愁是典型的江南少女，洋溢一种青春的气息，飘动着悠然自得的风采。古往今来，数不清的女孩子在江边溪头浣纱，毕竟只出了一位西施，大多数女孩子都过着平常的生活，平平静静地嫁人，生孩子，养儿育女。桃花流水在人世，武陵岂必皆神仙，莫愁莫愁，何愁之有。

　　把莫愁定位在江南女子身上，似乎有些自说自话。人世间有种种痛苦，生老病死，悲欢离合，莫愁岂能不愁，而且快乐也不能算是江南女子的专利，北方女子未必一天到晚都是愁眉苦脸。事情总是相比较而言，一般地说，由于黄河流域一直占据了中国文化的主导地位，男人们逐鹿中原，决战淮海，谁最终在黄河流域站稳了脚跟，谁就得到了天下，因此，发生在北方的战事，远远多于江南。北方为雄，南方是雌，北方为阳，南方是阴，北方是男性的天下，江南是女性的世界，气候温和的江南常常处于相对和平的环境里，北方打得死去活来，南方充其量也只是跟着"城头变幻大王旗"，谁赢了就给谁纳粮。对于老百姓来说，纳粮缴租反正是躲不过的事情，最恐惧的日子莫过于战争，只要能远离战乱，丰衣足食将不会成为问题。

已经很难确定吴越时代的模样，今天所能见到的文字材料，差不多都是魏晋南北朝以后。越灭了吴，自己很快也灭亡了，江南一度是楚国的天下。自楚以后，江南实际上都是由北方人控制，或者说，是由来自北方的人控制。西晋末年，在少数民族的压迫下，发生了中国历史上第一次大规模的南迁，大批北方人纷纷南下，于是有了南徐州、南通州、南豫州这些地名。南来之人不仅带来了北方的地名，而且改变了南方的民风，时到今日，江南人十有八九，可以找到一位北方的祖宗。祖籍河南这是一种最常见的说法，古吴越人的后裔，早就被来自北方的汉人所淹没。

来自北方的汉人似乎总摆脱不了战争失败的阴影，南方柔弱的民风，恰恰是这些失败的北人造成的。从不多的文字记载中可以找到这样一些信息，古吴越人英勇好战，且善于运用计谋。

元朝时的中国人分四个等级，蒙古人、色目人、汉人、南人，南人就是南方的汉人。南人受歧视由来已久，这种歧视更多的是来自北方的汉人。北方的汉人无论得天下为王，还是失天下降敌，似乎都有充分的理由骄傲。尤其是后者，先当一天奴才为大，而南人，用鲁迅先生的话来说，就是"为奴隶的资格因此就最浅"，浅了就活该被别人看不起。好在南人也不跟北人怄气，被人看不起也得做人，南人比北人勤劳，这是一个不争的事实。谚语有"苏常熟，天下足"，江南的富庶使得这里的人民安居乐业，热爱和平生活。纳粮缴租还真算不上什么大事，天下财赋，大都集中在东南一带，明清两代，赋税差不多都集中于太湖流域，据史料记载，康熙初年，直隶钱粮每年九十万两，福建湖广是一百二十万两，广西仅六万余两，而位于江南的苏州一府，每年就是一百八十万两，此外，还要另缴米麦豆一〇五万石，同样位于江南的松江一府，每年上缴六十三万两，米四十三万石。这些数据充分说明了江南的富裕，一府上缴国库的赋税，比一个省甚至几个省都多。江南成了中国粮仓和钱库，虽然鞭打了快牛，雁过拔毛，上缴了那么多的钱粮，江南仍然富得流油。世家富室集中在这一地区，这里的人口，明万历期间已经占中国的六分之一。

暖风熏得游人醉，只把杭州作汴州，社会经济的繁荣，给了江南女子不用发愁的机会。上有天堂，下有苏杭，不愁吃，不愁穿，还有什么不满足的。一方水土养一方人，江南女子用不着帮男人打江山，刀光剑影，出生入死，她们的男人天生没有这样的胆子和机会。有得必有失，有失，也会有得，江南男人武不行，只好在笔墨上面做文章，江南女子至多也就是在和平年代里，红袖夜添香，伴夫婿读书，凭运气捞个状元夫人做做。王宝钏寒窑苦守的故事，注定和江南女子无关，忍辱负重，这不是江南女子的特长。

江南女子注定是红楼梦中的人物，是金陵十二钗，是金陵十二钗的副册和又副册，做小姐就是宝姐姐和林妹妹，当丫鬟便是晴雯和袭人。江南女子是为才子们准备好的佳人，江南女子是水做的骨肉，江南女子柔情蜜意，江南女子仿佛春天的彩蝶，是水中月，是镜中花。江南女子具有最快乐的天性，是美好生活的一部分，最适合居家过日子。江南女子生性不愁，生性不愁的江南女子待字闺中，就等着嫁一个好丈夫。

民间以娶江南女子为幸，贵为帝王，经常到江南来选妃，这不仅是江南女子国色天香，很重要的一个因素，是由于环境因素养成的好性格。明朝的第十一代皇帝嘉靖，登基十年没有龙子，于是便派人到江南来广求淑女。史料记载嘉靖十年选妃，选中的九个人中间，江南仅南京一地，就同时选上了三位美女，她们分别是方氏、郑氏和王氏。王氏被册为庄妃，生了太子载壑，方氏后来则升为皇后，即明史上记载的"孝烈皇后"。到江南来选美女的观念可谓根深蒂固，即使到本世纪最极左的年代里，林彪的公子林立果选美，也专程派人来南京活动，结果果然让他在南京选中了一位。

铜雀春深锁二乔

三十年代的李四光先生，不仅是地理学家，对文学和历史也有着浓厚的兴趣。在一篇题为《中国周期性的内部冲突》的文章中，他揭露了这样一个事实，中国历史以八百年为周期，每个周期都从短命而军事上十分强大的王朝开始，它把经过数百年的内部纷争的中国，重新统一起来，尔后便是五百年的和平，中间经过一次改朝换代，接着又是一系列战乱，最后，首都从北方灰溜溜地迁往南方。

所谓南方动乱少安定多，只是相对而言。战争是阻挡不住的，战争对江南女子的伤害，丝毫不亚于北方女子。杜甫描写的"闻道杀人汉水上，妇女多在官军中"的悲惨景象，在美丽的江南并非难得一见。光是南京一个城市就可以举出很多例子，远的不说，往近里计算，日军占领南京时的大屠杀，辫帅张勋复辟后杀回南京，曾国藩的湘军攻占天京，太平军定都金陵，胜利者三日不封刀，杀人无数，每一次都给南京的妇女带来极大的伤害。

晚唐诗人杜牧的《赤壁》传唱古今，其中最著名的二句是"东风不与周郎便，铜雀春深锁二乔"。后人对此颇不以为然，认为只是轻薄少年的戏语，是另一种不哭九庙哭女人。赤壁大战的意义，不仅保住了孙吴的政权，而且从此正式确立的三国鼎立的态势，倘若没有一场东风，火烧魏军，胜利的天平显然会向曹操倾斜。成者为王败者寇，魏军赢得胜利，顺江而下，何止是二乔被囚，结局将是国破家亡，生灵涂炭，仅仅两个小女人算什么。

二乔还真算不上小女人，大乔是孙权的嫂子，小乔是周瑜的老婆，这两个女人不保，孙吴政权还有什么戏可以唱。女人从来就是战争的直接受害者，大至帝王，小到平民百姓，一旦被征服，只好乖乖受污辱。仍然以南京为例，大乔小乔逃过了劫难，别的人可就没这份幸运，陈后主携着爱妃张丽华跳了井，井圈上留下了胭脂的痕渍，结果是被隋军从井里拉了出来，陈后主还被留了条狗命，张丽华作为亡国的祸水，被晋王即后来的隋炀帝杨广下令斩首，地点就在南京朱雀路上的四象桥边，美人头落，鲜血四溅。

更惨的是李后主的小周后，据记载，小周后貌美善舞，深得李后主宠爱。"小楼昨夜又东风，故国不堪回首月明中"，小周后被带到了北方，竟然被作为胜利者的宋太宗"强幸"。"强幸"就是强奸，就是理直气壮地干坏事，失败的皇后尚且如此，民间江南女子的悲惨遭遇不难想象。弱肉强食，富裕的江南从来就是北方强权觊觎的对象，遇到改朝换代，兵荒马乱，江南女子便成了砧板上的鱼肉，任人宰割。

顾炎武的《秋山二首》其中有这么几句：

> 一朝长平败，
> 伏尸遍岗峦。
> 北去三百舸，
> 舸舸好红颜。
> 吴口拥橐驼，

鸣笳入燕关。

向北驶去的大船，船上都是美貌的江南女子。船上装满了，就用骆驼和马车驮，胜利者得意扬扬地吹着胡笳。对于"吴口"，顾炎武先生作了自注，语出《晋书·慕容超载记》："使送吴口千人。"所谓吴口，即位于江南的吴地女子。这一惨景几乎是历史的重复，元好问《癸巳五月三日北渡三首》第一首是这样写的：

道傍僵卧满累囚，
过去舳车似水流。
红粉哭随回鹘马，
为谁一步一回头。

战乱毁坏了江南平静祥和的生活，土匪冲进大观园，秀才遇到兵，金陵十二钗们的结局会如何，真不知如何设想才好。"马边悬男头，马后载妇女"，胜利者兽性大发，为所欲为，什么样的事情都可能发生，什么样的事情都已经发生。《嘉定屠城纪略》留下了这样的证据：

妇女寝陋者，一见辄杀。大家闺秀及民间妇女有美色者皆生掳。白昼宣淫。不从者钉其两手于板，乃逼淫之。嘉定风俗雅重妇节，惨死无数。

我们的史书记载中，总喜欢强调异族入侵造成的伤害，其实我们汉人中，不是东西的也不在少数。曾国藩和太平军之间的较量，江南人民身受其害，太平军来，为害一次，曾国藩的湘军来，又为害一次。至于拉大旗作虎皮，助桀为虐，以汉奸的身份祸国殃民，更是可以找出一大堆败类，满兵入侵江南，原明朝徐州总兵李成栋降敌，转身成为急先锋。事后，仅他小子一人，用了三百只大船，才运走他所掠的女子和玉帛，这是地地道道的发国难财。

除了战争，在和平的岁月里，江南女子有时候也会成为家族的牺牲者，那些名门闺媛贵夫人，往往会因为父亲或丈夫获罪，从社会的上层一下子跌到最底层。看旧时书籍，常有满门抄斩之说，按现在的理解，总以为是一家大小，不分男女，统统杀头拉倒，其实不是这样，要斩只斩男丁，女的却留下来，送入教坊，或给人为奴。黄云眉《明史考证》引云：

洪武三十五年十二月二十四日，教坊司右韶舞安政等，于奉天门题奏：有毛大芳妻张氏年六十，病故。奉旨，锦衣卫分付上元县抬去门外，着狗吃了，钦此。

故事发生的地点就在南京，根据金性尧先生考证，"洪武三十五年"应为"二十五年"之误，因为朱元璋只做了三十一年的皇帝。这位张氏大约是洪武初年进教坊的，原来显然是大户人家的贵夫人，否则死就死了，完全用不着向皇帝汇报。如果不是因为丈夫获罪，很可能是《红楼梦》中贾母一类的人物。俞平伯先生曾在故宫里见过朱元璋的谕旨，随手记了两条，看了之后，让人哭笑不得：

洪武二十六年二月十九日锦衣卫百户郝进传奉圣旨：蓝总兵通着军前卫指挥千户百户总旗小旗造反，凌迟了。着王那里差的当人同郝进去，将会宁侯并他的儿子都凌迟了，家人成丁的也废了，妇女与晋府配军。马匹多时，牵两三匹回来，其余的交在晋府。家产解来京城，来东胜马匹多。好生机密！着那里不要出号令。钦此。

奇文共赏，朱元璋真是潇洒，之乎者也说不来，也不硬鹦鹉学舌，反正他老人家是皇帝，想怎么说，就怎么说，大白话就大白话。朱元璋没文化，他的儿子明成祖也好不到哪里去。在学问方面，明朝的汉人皇帝，还真不能和清朝的满人皇帝相比。明太祖蓝玉案株连一万五千余人，明成祖杀方孝孺，夷其九族，还不过瘾，又杀门生朋友一族，硬凑足十族之数，丝毫不比其父逊色。鲁迅先生《且介亭杂文·病后杂谈》也曾提到明成祖如何对付建文帝的旧臣：

> 景清剥皮，铁铉油炸，他的两个女儿则发付教坊，叫她们做婊子。

根据《明史》记载，景清不但被灭族，而且"转相攀染"，到处牵连，所谓瓜蔓抄，结果整个村庄成了废墟。送入教坊，用今天的话来说，就是送到妓院。教坊是国营的妓院，可不是人待的地方，《教坊录》有这样的记录：

> 永乐十一年正月十一日，本司右韶舞邓诚等，于右顺门里口奏：有奸恶齐泰的姐，并两个外甥媳妇，又有黄子澄四个妇人，每一日一夜，二十条汉子守着，年小

的都怀身，节除夜生了个小龟子。又有三岁的女儿，奉
钦依由他，小的长到大，便是摇钱的树儿。又奏黄子澄
的妻，生一个小厮，如今十岁也。又有史家，有铁铉家
个小妮子，奉钦依都由他。

二十条汉子守着，是轮奸的意思，这种惩罚骇人听闻，奸后
生了孩子，还得继续受罪。邓之诚《骨董琐记》曾引《南京法司
记》上一段文字更为离奇：

> 永乐二年十二月，教坊司题卓敬女杨奴、牛景妻刘
> 氏，合无照依谢升妻韩氏例，送淇国公转营奸宿。

教坊已经不是人待的地方，可是上面提到的两位，连入教
坊资格都不够，是地位太低，还是年老色衰，不得而知。送出去
"转营奸宿"，荒唐得近乎离谱。明朝开国的两位皇帝身上，显然
太多的流氓气，惩罚别人也是刁钻古怪。在这方面，敢于到处题
字留诗的康熙乾隆，要有文化得多。清政府为了巩固自己的统
治，对汉人采取了铁腕手段，动辄杀头，流放充军，妻女为奴，
但是好歹还有些规矩，还有个《大清律》作幌子，即使手段同样

恶劣，在措辞上也文雅一些，之乎者也不会用错，那种过分粗鄙的话，起码不像康熙和乾隆的口吻。不过，如果以为清朝皇帝会手软，就大错特错，权力这玩意永远带着血腥气，顺者昌，逆者亡，亘古不变，康熙年间的丁介曾写过这样的诗句，刻画清统治者的铁血政策：

> 南国佳人多塞北，
> 中原名士半辽阳。

天知道有多少美丽的江南女子流落到了塞北。宁国府荣国府一旦被查抄，金陵十二钗们不管正册副册又副册，只能是花落人亡两不知。什么金枝玉叶，什么国色天香，到时候都乖乖地落在一身汗臭的焦大手上。不管是明朝还是清朝，被流放的江南女子受的罪都差不多。北国天寒地冻，南国佳人赤着脚，穿着极薄的单衣，破冰汲水，这样悲惨的景象，常常可以在文人笔记中见到。红颜未必薄命，然而美丽的女孩遭受不幸，的确更容易引起人们的同情。

二十四桥仍在，往事不堪回首，江南女子真到了这一步，只能听从命运的安排，除了抬起头看看南飞的大雁，也别无良策。

秦淮八艳

秦淮八艳是文人性错位的产物。中国的文人爱国通常有两种表现，一路是自托美人，最典型的便是屈大夫，不但用美人香草自喻，而且是位遭遗弃的妇人。路曼曼其修远兮，吾将上下而求索，初读《离骚》的时候，我总是不明白他为什么要这样哀怨。李商隐的"神女生涯原是梦，小姑居处本无郎"，有专家已经考证，这里的"神女"和"小姑"，实是诗人自况，换句通俗的话说，就是男扮女装。

另一路是一头扎进脂粉堆，整日流连在青楼，逮着几位中意的妓女，不管三七二十一，穷吹猛捧。清初的余怀在《板桥杂记·自序》中，曾为自己的这种行为辩护，有人责怪他，说："天下兴亡多少事，可歌可泣的太多，为什么你专写妓女，专门为妓女做传？"余怀默然听着，然后笑而回答："此即一代之兴衰，千秋之感慨所系也！"

前些年，秦淮八艳红火过一阵，香港大老板揣着大把钞票，想在内地投拍电视连续剧。妓女戏当然是极好的题材，收视有保证，老百姓爱看，女演员愿意演。报纸上屡屡有"再现一代名妓"的字样，看了心里总有些别扭，风流不忘爱国，这好歹也是中国文人的传统，但是今天中国的文化人，较之明末清初的文人，真不知差千里万里，于才于德，都远得离谱。我在《南京女人》中谈到过"秦淮八艳"，有两段可以全盘照抄：

秦淮八艳有别于历史上的其他美人，也许在于她们不像中国历史上其他的美人那样，专门是为帝王准备的。她们不承担亡国祸水的罪名，在爱情方面，她们享有较别人更多的自由。她们有选择的权利。换句话说，一般的男人可以爱她们，她们也可以爱上一个普通的男人。秦淮八艳和西施相比，和赵飞燕相比，和武则天相比，更多一些平民百姓的人情味。当然，秦淮八艳的真正意义，关键在于她们有不做亡国奴的骨气，在于她们很好的文化素养和不同凡响的政治见识。外在的美可遇，内在的美难求，时穷节乃现，只有到了国破家亡的最后关头，才能看得出一个人的节操。

秦淮八艳是一面镜子，桃花扇底看前朝，通过这八位不同凡响的风尘女子，人们看到的是中国文化的颓败，是中国男性知识分子的虚伪和装腔作势。像钱牧斋和侯方域，都是名重一时的大才子，这些才子都是先虽高调，最终却失节投机，走到他们平日所鼓吹的理想的反面去了，爬得太高，摔得就重。倒是秦淮河边的八位小女子，轰轰烈烈地唱了一曲正气歌，活活羞煞男子汉大丈夫。

享有六朝金粉之誉的南京，说起名妓，不计其数，可是人们偏偏对秦淮八艳念念不忘，重要原因不是好色，而是感伤。商女不知亡国恨，隔江犹唱后庭花，盛世里真没有必要大谈秦淮八艳，历史上有两个时期，秦淮八艳常常被人津津乐道，一是明末清初，亡国了，清政府在军事上取得了绝对的胜利，在文化思想上，还没有开始文字狱，明遗民复国无望，便到妓院去寻找红粉知己，到女人国里去爱国，于是有了《板桥杂记》，于是有了《桃花扇》。也许清政府故意暂时给汉族士子一个发泄的机会，在妓女身上翻不了天，《板桥杂记》和《桃花扇》里的文字，真要是顶起真来，杀头灭族完全可能。

抗日战争爆发前后，晚明史掀起一股热潮，譬如柳亚子和阿英，在当时都不遗余力地收藏这方面的史料。亡国似乎就在眼前，知识分子们又想起了昔日秦淮河边的妓女，像《葛嫩娘》等差不多已成为抗战文学的一部分。世界上从来就没有无缘无故的爱和恨，如果仅仅是因为妓女戏有人爱看，拍了能赚钱，这样的电视连续剧注定不会有什么生命力。并不是说在今天就不能谈论秦淮八艳，要害是以什么样的姿态来谈。隔江犹唱后庭花，不仅仅是商女不知亡国之恨，那些听唱的人同样在醉生梦死。

江南女子的艳名，有一大半是娼妓造成的。在封建社会里，良家妇女好端端地在家待着，旧时文人的笔墨很难落到她们的身上。文人笔下的女人，写自己老婆的，大都只是悼亡之作，许多著名的爱情诗，对象往往是娼妓。旧式的包办婚姻，给了文人一个在妓女身上用情的机会，因为婚姻既然不是爱情的产物，男人到婚姻之外去寻找知音，也就不足为奇。《西厢记》里写大家闺秀，私订终身后花园，在贾母看来，是那些没见过世面的穷文人的杜撰，是在纸上凭想象吃富家小姐豆腐。大户人家的后花园和菜园子是两回事，只要看看《红楼梦》中的环境描写，就不难体会贾母为什么会有这样的观点。

秦淮八艳除了反映一种爱国精神之外，客观地说，也折射出江南繁荣"娼"盛的事实真相。既然南方不能成为中国的政治中心，由于经济文化的高速发展，这里自然而然地成了才子佳人大显身手的场所。说起来可笑，秦淮河边一家连着一家的妓院，和妓院连锁配套的一系列服务项目，都跟科举制度紧密相关。秦淮河边的夫子庙，是江南最大的孔庙，山东曲阜和各地祭祀孔子的庙宇都尊为孔庙或文庙，独有南京戏称为夫子庙。夫子庙旁边，是江南贡院的所在地，贡院就是考场，所谓"贡"，大约是准备贡献人才的意思。在"明经取士"和"为国求贤"的幌子下，江南读书人汇聚于此，考上考不上，都有充分的理由寻花问柳，考上了，春风得意马蹄疾，一日看尽长安花，考不上，黄金白璧买歌笑，一醉累月轻王侯。

究竟是因为事实如此，还是因为无聊文人的过度渲染，江南女子留给后人很多想象空间。从文人的笔墨里，我们见到了太多的江南风尘女子，仿佛整个江南就是一个浮华地温柔乡，仿佛此地的大多数女子没别的事可做，都在从事卖笑生涯。有人做了小曲来比较南北妓女的不同：

> 门前一阵车马过，灰场。那里有踏花归去马蹄香？
> 绵袄绵裙绵裤子，膀胀。那里有佳人夜试薄罗裳？
> 生葱生蒜生韭菜，腌脏。那里有夜深私语口脂香？
> 开口便唱冤家的，歪腔。那里有春风一曲杜韦娘？
> 开宴空喝烧刀子，难当。那里有兰陵美酒郁金香？
> 头上鬏髻高尺二，蛮娘。那里有高髻云鬟官样妆？

行云行雨在何方，土炕。那里有鸳鸯夜宿销金帐？

五钱一两等头昂，便忘。那里有嫁得刘郎胜阮郎？

难怪北方人要笑话南方的男人没出息。大丈夫不能马上杀敌，马革裹尸，只能写些无聊的小文章打油诗，从这个意义上来说，江南才子真不是什么好的称呼。同样的道理，江南的佳人也很难树贞节牌坊。有什么样的需求，便会有什么样的供给，难怪江南会出秦淮八艳，难怪秦淮八艳琴棋书画都会一点，历史上的扬州曾以盛产为纳妾买婢准备的"瘦马"闻名，清人章大来在《后甲集》上说：

扬州人多买贫家小女子，教以笔札歌舞，长即卖为人婢妾，多至千金，名曰"瘦马"。

扬州虽处江北，由于紧挨着江边，很多风气其实和江南相通。"瘦马"之名始于扬州，在江南早就广为效仿。很多文章在谈到当年的妓女时，盛夸其有文化有品位，殊不知这种文化品位饱含着历史沧桑，浸透了血和泪。秦淮八艳作为江南娼妓的出色代表，不过是人肉买卖的产物，或许都有过类似当"瘦马"的经历，是地道的科班出身，最起码也经过速成和短训班的训练培养，她们后来脱颖而出，成为佼佼者，成为同类中的精英，声名远传，"四方之士争一识面为荣"，门前车水马龙，最终还是摆脱不了红颜薄命的厄运。

英雄还让女儿占

一九〇四年春，秋瑾女士去日本，在一个三等舱里，一位日本友人向她索诗，并给她看日俄战争地图，其时，日俄之战正在我国东北进行，无能的清政府借口中立，任由两强相争，大片国土成了战场，白山黑水之间，无辜的中国居民血流成河，秋瑾看着地图，泪飞如雨，挥笔写了一首诗：

> 万里乘风去复来，
> 只身东海挟风雷。
> 忍看图画移颜色，
> 肯使江山付劫灰。
> 浊酒不销忧国泪，
> 救时应仗出群才。

拼将十万头颅血，

须把乾坤力挽回。

秋瑾女侠是江南女子中的亮色，仿佛在一片翠绿中，终于有了一朵鲜艳的红花。人们的印象中，南方是一片温柔的土地，南方人是软弱的象征，男人不刚，女子怯弱，英雄志士在这里落魄销魂，柔弱的封建帝王在这里偏安亡国。江南的气候环境似乎更容易出后主，孙权之后，有吴后主孙皓，以后又有陈后主和李后主，都是大名鼎鼎，活生生地成为北方人的笑料。历史上有名的亡国皇帝，大都出在南方。南方意味着顺从，南方意味着屈服，南方就是失败。

然而什么事都有例外，面对北方的强大，南方从来没有真正地顺从和屈服过。虽然在南北对抗中，北方总是占着上风，南方并不是没有一点作为。祖逖北伐，中流击楫，发誓说："不收复中原，绝不回头。"风萧萧兮易水寒，壮士一去不复还。以后又有明朱元璋的北伐，有国民政府的北伐，这几次北伐，都是以少胜多，以弱胜强，以恢复汉族统治而告结束。其实，北方的汉人真没什么可以骄傲的资本，南方的种种坏毛病，差不多都是已失败的北方带来的。在更北方或西北的少数民族压迫下，北方的汉人统治土崩瓦解，哗啦啦如大厦倾，于是仓皇南逃，匆匆迁都，于是有了东晋，有了南宋，有了南明。南方小朝廷骨子里的软弱，早在北方时就已经种下了。

美丽富裕的江南，不仅成了北方士族的收容站，最后又成为恢复汉族统治的根据地。江南女子不只是风花雪月，江南女子也有黄钟大吕。秋瑾是西施精神上的传人，"莫道男儿尽豪侠，英雄还让女儿占"，这是王金发称赞秋瑾之辞。一个秋瑾，足以改变人们对江南女子的传统看法。作为一个女人，秋瑾既能吟词赋诗，也能"闺装愿尔换吴钩"，"协力同心驱满奴"。她显然是个急性子，"瓜分惨祸依眉睫，呼告徒劳费齿牙"，要干就得立刻干，并且取义成仁，她牺牲的时候，实际年龄只有三十一岁，在她英勇就义三年之后，满清政府终于被她的同志们推翻了。

江南人自有其性格刚烈的一面，仍以浙江人举例，在国民党的高级军事将领中，浙籍军官占了相当的比例，这里不能排除蒋介石喜欢当同乡会长的嫌疑，但是浙江人喜欢闯天下，富于冒险和开拓精神，却是众所周知的事实。在浙籍军官中，不缺乏能征善战的骁将，譬如陈诚，譬如胡宗南，譬如汤恩伯，这些人虽然不是共产党的对手，但是在抗日战争中的作用，不能一笔抹杀。值得一提的，同样是南方人，同样能征善战的湖南人，正好可以作为浙江人的一种补充。人们印象中，南方人在军事上打不过北方人，以本世纪的战绩来看，并不是这样。

刚柔相济，柔能克刚。以柔克刚历来是南方人的强项，而江南女子似乎更擅长此道。早在几千年前，老子就曾经说过："天下莫柔弱于水，而攻坚者莫之能胜，以其无以易之。"风靡江南的越剧，靠的就是软绵绵的唱腔。一九二三年，第一个女子越剧戏班在嵊县成立，当时叫"文武戏班"，戏班成立几个月后，由班主带着闯荡大上海。在此之前，越剧还只是叫"绍兴文戏"，被命名为越剧是后来的事情，那时候都是由男人来演唱的，女子戏班到了上海，请早就在上海滩站住脚跟的大哥哥们高抬贵手，给她们一个出头机会。唱绍兴文戏的大哥哥们做梦也不会想到，这些来自家乡的小妹妹，看上去是那么柔弱和没见过世面，日后会彻底打碎他们的饭碗。

女子越剧最终称霸艺坛，这是以柔克刚的最好范例。刚开始，女子越剧惨淡经营，从草台戏班转移到正式的舞台上，多少还有些不适应。观众也只是些中下层的绍兴人，譬如纱场的女工，偶尔有几个穿长衫的先生来听戏，总是先在楼下东张西望一番，仿佛做了什么不体面的事情，就怕被别人看到。功夫不负有心人，经过一番努力，不折不挠的小妹妹硬是学会了大哥哥的拿手戏，又不断创新，逐渐形成别具一格的越剧新腔。等到抗战爆发，江浙人士纷纷涌入上海租界避难，也不过十几年的工夫，女子越剧轰动了上海，不仅把男班阿哥们杀得黯然失色，而且很快偃旗息鼓，退出江湖。

从此女子越剧一统天下，到了四十年代初，上海日夜演出越剧两场的戏园竟有四十余家，每天的观众人次，已经超过了被誉为国剧的京剧。越剧再也不是下里巴人，据史料记载，一九三八年除夕，在上海凤阳路的通商剧场，以头牌花旦姚水娟主演的《倪凤扇茶》，因其扮相俊秀，眉黛生情，唱腔甜润入味，引来了满堂喝彩，掌声经久不息。演出结束后，有个同乡人送了一只花篮祝贺演出成功，这是越剧历史上第一只象征荣誉的花篮，以后送花篮一度非常流行，成为典型海派意味的捧场，只要是名牌越剧演员登场，演出结束的时候，台前的花篮将多得放不下。

吴侬软语和都市女郎

吴侬软语是江南女子的特征，在过去，最有韵味的吴方言是苏州话。吴语是汉语中的一个重要语系，现在，大家心目中，最能代表吴方言的已经是上海话。很多江南人去北方，不管是苏州人，还是杭州人，北方人听起来似乎都差不多，都觉得说的是上海话。

生活在吴语系的江南人，明白自己的语言有许多不同。俗语有"宁听苏州人吵架，不听宁波人说话"，虽然都属于吴方言，苏州话好听，一度几乎成了定评。由于帝国主义的入侵，有了租界，西风吹进来，上海成了中国最繁华的所在地。自从太平天国起义，战乱不断，江南富商纷纷涌入租界避难。史料证明，租界的繁华是中国的有钱人自己堆出来的，外国人不过是坐收渔利。二十世纪初，上海滩也差不多成了妓女的天下，来自全国以及世界各地的风尘女子，都到此地来淘金。看晚清小说，妓女中最有身份的，仍然是操吴侬软语的江南女子，那时候，最时髦的腔调，是带些苏州口音的上海话。聪明的妓女想在上海滩混，第一件事就是抓紧时间练习这种语言。

赛金花晚年和别人谈起自己的身世时，对人心不古颇有感叹。比较了过去和现在接客方式的不同，她抱怨时下的妓女没有文化，太直截了当，一见面就搂搂抱抱。回顾赛金花的一生，确有值得骄傲的资本，这位江南女子见过很多世面，自从在苏州下海以后，她不仅走南闯北，而且一度从良，成了公使夫人留洋国外。后来又二进宫，成为京城炙手可热的名妓，她最出风头的年

代义和团大闹北京，由于见多识广，会几句洋泾浜外语，据说
和八国联军的总司令关系十分火热，且做了几件实实在在的好
事，至于他们之间是否有肉体关系，历来是小报文人喋喋不休
的话题。

　　用文化来评价妓女，和用色相谈论作家一样荒唐。在妓女身
上寻找文化难免可笑，曾经见过一首赛金花的诗，还真不知说
什么：

　　　　含情不忍诉琵琶，
　　　　几度低头掠鬓鸦。
　　　　多谢山东韩主席，
　　　　肯持重币赏残花。

　　韩复榘当山东省主席的时候，赛金花早已年老色衰，潦倒
穷途，诗写得不好也不坏，一个老妓女的形象跃然纸上。首句
中的"琵琶"用典，让人联想起白居易的《琵琶行》中"千呼
万唤始出来，犹抱琵琶半遮面"的老妓，后两句便不太像话，
仿佛棉袄的罩衫太短，粗陋的内容全露了出来。对于旧时妓女
是否有文化，还是那句话，千万不要当真，我们今天能见到的

历代名媛诗选，有很多都是无聊文人的代笔，那些所谓出自名妓之手的诗词，十有八九靠不住。这就好比别以为林黛玉薛宝钗真能写诗，能写的其实是曹雪芹。像李清照这样的才女毕竟太少，女子无才便是德，旧式的教育思路阻碍了女子在文学上面的正常发展。

不过，赛金花今不如昔的观点，也有几分道理，因为老派人眼里，过去的东西都美好，都正确，都是样板和规范。对于江南女子的看法，同样如此。我们总是可以听到太多的对时尚女性的批评，不仅满脑袋旧思想的人士感到不适应，那些具有进步思想的年轻人也感到格格不入。五四前后，出生于苏州的俞平伯先生给朋友写信时，痛斥上海是一个让人堕落的地方，妓女成群，骗子横行，俞先生对几千年来家乡引以为自豪的繁华，进行了言辞激烈的抨击，他为当时的年轻人开的一张治病药方，就是坚决离开上海，越早越好。

历史的发展从来不以人的意志为转移，繁华让人堕落，无数能人志士在这里消沉，在这里毁灭，但是灯红酒绿的繁华不仅没有丝毫妨碍，而且如火如荼，越来越生机勃勃。上海逐渐成为江南的代言人，江南的时尚终于以这座城市为代表。上海意味着时髦、新潮、洋派、东方明珠、冒险家的乐园，意味着一系列流行的新词汇，它既位于江南之冠，而且绝对领先国内。吴姬越娃这些常常出现在古典诗词的字眼已经老掉牙了，天堂之下的苏杭再也不新鲜，上海从一个小渔村，转眼之间变作暴发户，成为东方的国际化大都市。吴侬软语依旧，夹了些洋泾浜的外语词汇，乡下妹子一个个都成了现代都市女郎。

江南在二十世纪中，发生了翻天覆地的变化，城市人口迅速扩大，农村居民急剧减少，今天富庶的江南，也让传统意义上的江南女子跟着改变。西施、莫愁和秦淮八艳，由于故事太过遥远，和她们已经没什么关系。今天的时髦江南女子，一个个都是活生生的都市女郎，年轻俊美，充满活力，她们涂着鲜红的口红，把头发染成各种可能的颜色，坐在摩托车后面，搂着情人的腰，小巧的坤包里放着BP机或最新款式的手机。最新潮的江南女孩，和广州女孩北京女孩没有任何区别。江南女子的个性特征正在消失，或者说已经消失，时髦的女孩差不多都成了标准件。

女子的地区特征消失，是社会发展的必然趋势。江南女子很快就会成为一种历史概念，成为中国传统文化的一部分。世界只是一个地球村，小小的江南被淹没，自然在情理之中。江南正越来越城市化，农村包围城市的说法将不复存在，城乡区别再也不能以贫富来衡量。江南繁华的小城镇，富裕的县级市，完全改变了旧有的城市概念。到处都是卡拉OK，到处都是宾馆酒楼，到处都可以洗桑拿打保龄球。大城市有的，县城肯定有，县城里有了，小镇上也会有。只要有钱，到哪都一样。只要有钱，吃快餐，吃肯德基吃麦当劳，吃粤菜吃重庆火锅，想吃什么都有，要什么样的服务，就有什么样的服务。江南女子将为清一色的都市女郎所代替，不久的将来，乡下妹子注定会在江南消失，那时候的乡下妹子，是那种"妹妹坐船头，哥哥在岸上走"的带有表演性质的妹妹，只是打情骂俏时的一种临时称呼。

甚至连吴侬软语最终也将消失，人人尽说江南好，游人只合江南老，时代不同了，江南女子四处流动，漂泊随缘，南来而北往，东去日本，西征美国，闯荡澳大利亚，定居加拿大。若干年后，不一定人人都说英语，但是上海人见面就说上海话的习惯，肯定会大为改观。事实上，今日的上海话，已经有吴语普通话的意思。这是一个趋向大同的时代，江南女子和北国女子，包括和外国女子之间的差异，将越来越缩小。江南女子已不再柔弱，不但可以踢足球打排球，而且在国家队当绝对主力。

未来的世界里，江南女子无所不能。苏东坡给王荆公写过一首诗，其中有两句绝佳，可以拿来作为这篇文章的结尾：

　　细看造物初无物，

　　春到江南花自开。

一九九九年九月四日　碧树园

江南文人

一

　　刚写了一篇不短的文字谈江南的女性，自古才子佳人，天生一对，地造一双，说完江南佳人，意犹未尽，索性继续嚼舌，顺藤摸瓜，谈谈江南的文人。江南文人以才子著称，有才自然是好事，然而被称作才子，不一定都是表扬。人们常说文人无行，"无行"则是才子们的恶名。民间老百姓眼里的才子，大都属于唐伯虎一类，地主老财奸污丫鬟使女，是恶霸行径，唐寅调戏秋香，便是风流。文人无行的说法，有一层宽宏大量的意思，好比说小孩子不懂事，偶尔闯祸捅些纰漏，不是什么了不得的大错误，用不了太当真。狗天生要吃屎，文人，尤其是才高八斗的文人，似乎有干坏事的专利，有和女人调笑的特权。无情未必真豪杰，唯大英雄能本色，一头扎进脂粉堆里不出来，这样的江南文人可以找出很多。

在中国古代社会，真正官场上混迹，搁哪朝哪代，吃喝嫖赌几样德行，公开的嫖是不能沾的。传说中，明清两代皇帝，都有秘密访问妓院的记录，而且还留下杨梅大疮的疑案。再往前看，宋代的徽宗和妓女李师师相好，并由此打翻了醋坛子，利用职权报复有着共同嗜好的嫖客。这些传说的基础，都建立在皇帝不该去妓院的游戏规则之上，都说明皇帝嫖妓不符合公理，是例外。皇帝可以有三宫六院，寻花问柳就有失于行为规范。与此相反，那位引起徽宗醋意的周邦彦则不同，周是浙江杭州人，是标准的江南才子，徽宗时为徽猷阁待制，提举大晟府，用今天的话来说，所谓大晟府只是个音乐机关，算不上什么几品大员。俗话说，无官一身轻，周邦彦才华出众，能填一手好词，而且精工丽辞，格律谨严，被称为"词家之冠"。他的词多半是写给女孩子，这些女孩子又多半是妓，皇帝去妓院是邪门，周邦彦流连妓院是正道，恰巧体现了才子本色。要怪也只能怪皇帝跑错地方，在妓女的香巢中，正在鬼混的周邦彦风闻徽宗微服私访，来不及跑，吓得只好躲在床肚下。有没有看到皇帝与妓女做爱，且不去细究，窥探和知道皇上的隐私同样也是大罪，据说周邦彦一生不得志，重要原因就在这里。

如果民间故事都可以当真，传说都是写实，名妓李师师一定在徽宗的枕头边，说了不少动听的好话，要不然徽宗心里的疙瘩永远解不开，岂止是不让周邦彦做官，要杀他跟杀只鸡一样。风流必有代价，这代价可能是原因，也可能是结果。古往今来，失意文人总是占着大多数，人生不得意者十有八九，既然失意，便找到了充分堕落的借口。文人本来就不太拘小节，考场名落孙山，官场小人陷害，于是"解心累于末迹，聊优游以娱老"。李白明明失意，却做出得意的样子说：

> 我本楚狂人，
> 凤歌笑孔丘。

黄庭坚一生坎坷，在《鹧鸪天》也做出这种佯狂模样：

> 身健在，且加餐。
> 舞裙歌板尽清欢。
> 黄花白发相牵挽，

付与时人冷眼看。

放浪形骸似乎是中国文人的一个传统。难怪范仲淹在《岳阳楼记》中，要振臂一呼，号召大家不要自说自话，胡乱找借口，要"居庙堂之高则忧其民，处江湖之远则忧其君"，人生无论是否得意，官场或进或退，都不能失其文人精神。风流得理直气壮，这是不对的。国家兴亡，匹夫有责，读书人一头栽在女人身上，整日风花雪月，儿女情长，结果便只有亡家亡国。

人之初，性本善，性相近，习相远。根据老祖宗的教导，人类身上的种种坏毛病，都是后天造成的，循乎理者则为贤，纵乎欲者则为不肖，人能够纵乎"欲"，似乎又是对性本善的讽刺。清朝的袁枚是浙江人，他来到南京做官，做了几任县太爷，突然对官场失去兴趣，便在南京的小仓山买了一块地，修了随园。他身上的那点才子气，可谓发挥到了极致，别人是因为不得志，所以醇酒美人，落魄才当名士，官场失意才消沉，袁枚则不然，他的自供状很幽默：

　　不作公卿，非无福命只缘懒；
　　难成仙佛，又爱文章又爱花。

　　真是一个活脱的江南才子写照。袁才子的意思，当才子就当才子，用不到这样那样的借口。中国文人的立足点，从来是在做官这一点上，写诗作词，琴棋书画，都是业余爱好。只有当了官，才能算修得正果，要不然，都是不务正业，都是旁门左道，后人以古人的文章好坏，来看文人的成就大小，古人却不是这样，虽然写文章立言，也是件重要的事情，但是和立功立德这样的大是大非相比，已经远在其次。至于立功立德如何衡量如何判断，最简单的办法，就是看能做多大的官。袁枚也算是名重一时的人物，有《小仓山房集》，有《随园诗话》，还有《子不语》，但是在馆阁诸公的眼里，仍然是野狐禅，算不得文化人的楷模。

二

　　唐伯虎是世人眼里的风流才子，袁枚则是士大夫心目中的花花公子，他修建了名震江南的"随园"，好得连皇帝都眼红。乾隆下江南，曾专门派人去他家描图，以便回京修皇家公园时参考。袁枚有一大帮的姨太太，这还不过瘾，妙在还有一大群跟着学写诗的女弟子，所谓"素女三千人，乱笑含春风"。浩浩荡荡的江南才子大军里，似乎只有袁枚配得上"风流教主"的雅号，他活的时候轻松快活，死了也没被戮尸，查禁著作。有名的江南文人十有八九没什么好结果，轻则罢官解职，重便流放掉脑袋，这是名重一时的江南文人常见的结局，而袁枚则以善终让人羡慕不已。

袁枚选择南京定居，有一个重要的理由，是"爱住金陵为六朝"。魏晋风度历来是江南才子们仿效的样板，是精神上的源头。事实上，六朝之前，江南并没有什么出色的文人，大文人没有，甚至小文人也不多见。江南仿佛小商品批发一样地出文人，这都是后来的事情。孔子孟子是北方人，庄子是北方人，古时候有名有姓的，差不多都是北方人。老子的籍贯有争论，其中一个观点说他是楚人，江南虽然也曾经是楚地，那是被楚国征服以后的事，和老子的楚仍然挨不上。楚人中有出息的文人屈原和宋玉，同样与江南无关。

江南像样一些的文人最初都是北方人，永嘉南渡，大批士子拖儿带女，一下子全跑到江南来了。江南文化在一开始就是北方文化的缩影，因此，江南文人骨子里还是北方文人，这北方是失败的北方，是异族大举入侵时仓皇南逃的北方。北方汉人逃往南方是迫不得已，那时候的江南，经济谈不上富庶，文化十分落后。在骄傲的北方人眼里，江南地广人稀，饭稻羹鱼，或火耕而水耨，虽然地势饶食，无饥馑之患，但是一个个都是天生的懒鬼。北方的汉人移居南方，真是委屈了他们，是不得已而为之，南蛮鴃舌之人，很长一段时间里，不入北人的法眼。

都说魏晋时期，文学开始自觉，读一读《世说新语》，便一切都明白。这是一个文人辈出的年代，既有建安七子，又有正始名士和竹林名士，这些辉煌的人和事，其实都发生在北方。建安七子的孔融被曹操杀了，正始名士中，三位主将除王弼二十多岁早死，余下的两位也被司马懿所杀，竹林名士有七贤，嵇康被砍了脑袋，一杀再杀又杀，留下一条性命的，只好老老实实地学乖。在那个特定时代里，学乖最好的办法是装糊涂，于是就吃五石散，一种和毒品差不多的药，吃下去，浑身会发热，甚至发狂，产生奇异的幻觉，见了苍蝇，也要拔出剑去追。要不就喝酒，猛喝，一个个都成了酒徒，成天醉醺醺说酒话，司马昭想和阮籍结成儿女亲家，阮籍一醉两个月，硬把这场婚事躲了过去。

南渡以后，北方的文人成了南方的文人。既然是失败的北方，此时就谈不上什么强秦雄视天下，也没有一点点西汉的恢宏广大，聊以自慰的一点魏晋风度，因为接二连三掉脑袋，此时迅速堕落变质，只剩下一些空谈和装疯卖傻。六朝虽然紧接着魏晋，在文风上看似一脉相承，然而骨子里其实就只有软弱两个字，史家所谓"气格卑弱"。西晋已经亡了，南来诸人无所作为，唯一的发泄机会，便是在饮酒游宴时，面对良辰美景，哭着说："风景不殊，正自有山河之异！"这类伤感的话可怜兮兮，结果便是让大家流眼泪，哇啦哇啦一起哭。

江南文人所继承的，正是这种颓败的北方文人的传统。古老的吴越文化，究竟什么样子，江南文人其实并不清楚。根据吴越争霸的态势看，春秋时期的吴人和越人，并不像后来那么柔弱，吴王夫差一度称雄为霸，越王勾践卧薪尝胆，都有过可歌可泣的历史。成者为王败者寇，越灭吴，楚亡越，秦始皇统一中国，江南的民风一变再变。都说是一方水土养一方人，而人是可以流动的，北方人来到南方变软弱了，这是一个错觉，因为来南方之前的北方人，已经没有多少硬骨头。鲁迅先生的《魏晋风度及文章与药及酒之关系》，是谈及魏晋时期最有趣的一篇文章，他在文章中引用了刘勰的话：

> 嵇康师心以遣论，阮籍使气以命诗。

嵇康师心掉了脑袋，阮籍也就不敢再使气，而师心和使气恰是魏晋风度的精华所在。南渡的北方文人，把盛行一时的老庄玄学，带到了南方，既然干涉政治会掉脑袋，那么空谈喝酒和装疯卖傻的种子，便会在南方湿润的空气中，生根发芽，蓬勃发展，并结出丰硕的成果。六朝人物紧接着魏晋，然而魏晋风度中的精华已不复存在。"大抵南朝皆旷达，可怜东晋最风流"，旷达和风流既可以是好词，也可能有贬义，总之一句话，北方文人是因，江南文人是果，江南的文人其实是为北方文人枉担了骂名。

江南文人常常挨骂，有其活该的一面。在魏晋时，文人们大约还是佯狂，南渡以后，越来越不像话，到后来，索性就真的破罐子破摔，不想好了。阮籍在北方的时候，喝酒归喝酒，毕竟写出一些像样的文章，《晋书》上说他"博览群书，尤好庄老"：

> 籍本有济世志，属魏晋之际，天下多故，名士少有全者，籍由是不与世事，遂酣饮为常。

到了六朝时期，江南文人喝酒不输给阮籍，荒唐和放纵有过之无不及，写文章，差不多一篇像样的东西也写不出来。在《魏晋风度及文章与药及酒之关系》一文中，鲁迅曾以很生动的文字写道：

因为他们的名位大，一般的人们就学起来，而所学的无非是表面，他们实在的内心，却不知道。因为只学他们的皮毛，于是社会上便很多了没意思的空谈和饮酒。许多人只会无端的空谈和饮酒，无力办事，也就影响到政治上，弄得玩"空城计"，毫无实际了。在文学上也这样，嵇康阮籍的纵酒，是也能做文章的，后来到东晋，空谈和饮酒的遗风还在，而万言的大文如嵇阮之作，却没有了。

东晋时的王孝伯曾担任过刺史，不算太小的官，但是这位老兄读书太少，又不熟悉用兵，光知道空谈和笃信佛教，结果在战乱中被杀。这么一个活宝，《世说新语·任诞》篇上，却留有他大言不惭的语录：

> 名士不必须有奇才，但使常得无事，痛饮酒，熟读《离骚》，便可称名士。

南渡前后，江南发生了翻天覆地的变化，这里既然是北方人征服的领域，在文化上，拼命向北方看齐便是必然的事情。江南的文人只不过是继承和发扬光大了北方文化人的名士传统，事实上，早在南渡之前，北方文化已先一步地大举南下，东汉灭亡以后，江南民风向北方学习已经蔚然成风。当时的江南士族，都卷着舌头学习洛阳话，结果南腔北调，反而制造出一种很怪的杂交方言。北方人的习俗，成了江南人追求的时髦，人有时候就这么贱，北方人越看不上南方人，南方越不自信，越巴结北方的文化。目睹这种变化的葛洪，在《抱朴子》中以"居丧"为例，说明江南如何受北方影响。吴国之风俗，人死了，往往丧过于哀，换句话说，非常讲究形式主义，很把死人当回事，晋室东迁以后，南来诸人把魏晋名士的放诞带了来，于是"居丧不居丧位"，停尸期间照样"美食大饮"，比北方的还要不像话。随着时间的推移，江南名士的放荡不羁，任诞空灵，与魏晋相比，处处有过之无不及，差不多成了日后才子们的标签。

三

六朝时期是江南文人大领风骚的年代，这一段的文学史，江南文人撑足了场面。苏东坡称赞韩愈"文起八代之衰"，我一直没闹明白，所谓"八代"，究竟是哪八代，反正软弱的六朝逃脱不了干系。江南文人出了几百年的风头，终于被人逮住机会好生收拾，口诛笔伐，揍得鼻青脸肿。代表人物是唐宋八大家，他们提倡古文，反对骈文，矛头直指六朝文风。这八大家对后世的影响极大，只要看看最流行的《古文观止》，数一数那里面所选的文章篇目，便可以知道厉害。

唐宋八大家中，没有一个江南文人。江南文人在六朝，过足了文字游戏的瘾，骈四俪六，锦心绣口，一个个都成了花架子。"八代"之文未必像苏东坡说得那么衰，那么一无是处，说骈文中没有好文章，绝不是事实，但是骈文的路越走越窄，发展到后来，完全忽略了思想意义，只去堆砌华丽的辞藻，玩弄稀奇古怪的典故，音调声韵方面的限制越来越多，便一头钻进了死胡同。

政治上，江南在此时已失去了领导地位。隋朝的建立，标志着黄河流域的汉人重新一统天下。六朝的都城南京，被隋文帝下令放火烧掉，江南的政治文化中心地位，转眼间灰飞烟灭。从统治者角度出发，既然黄河文化的地位已经确定，具有挑战意味的长江文化，便是一种不安定因素，必须扼制和制裁。走向末路的六朝文学传统，在隋唐遭到痛击，这是历史必然，然而作为一种文学传统的影响，却仍然贯穿了整个唐朝。韩愈和柳宗元的古文，并没有一下子就扭转了骈文的地位，他们在当时的影响和地位，远不如后来。他们只是开始，古文运动真正成为气候，还得等到北宋，到欧阳修、王安石以及苏氏三杰手里，这才轰轰烈烈，从此逐渐称霸文坛，一直熬到五四新文化运动。

江南文人在隋唐以及北宋，实在没有什么太大的作为。经济上，江南似乎再也不会萧条，已成了名副其实的鱼米之乡，但是文化上又不得不仰望北方。唐诗中并不缺乏江南人，但大诗人几乎和江南无缘。根据《中国大百科全书》的人名统计，唐朝人才分布的比例，排名前五的是陕西、河北、河南、山西、山东，江苏虽然排名第六，其实是中间包含苏北的缘故，像徐州，完全应该算作北方。至于浙江，竟然排名于甘肃之后，差不多只是排名第一的陕西的十分之一。这个统计数据，和六朝之前的两汉大致差不多。历史绕了一个圈子，又回到了原来的起点上。

北宋的人才，自然还是黄河流域占上风。排名前几位的是河南、河北、山西、山东，唐时的老大哥陕西开始衰落，已落到长江流域的省份如江苏、四川、浙江、江西之后。值得指出的是，到了北宋期间，江西的文人迅速崛起，在人数和成就两方面，都实实在在超过了江南。唐宋八大家中，除了韩、柳和苏氏三杰，余下的三位江西人，像欧阳修王安石，都是文坛领袖级别的人物，曾巩名气虽然稍弱一点，但是他的文笔简洁锋利，像《越州鉴湖图序》，也是不可多得的好文章。古文之外，黄庭坚不仅字写得好，他开创的江西诗派风行一时，晏殊和他儿子晏几道的词，是南宋词创作大繁荣的先声。

江西文人的崛起，似乎是一个明显信号，这就是政治中心仍然还在北方，由于经济的原因，文化中心已经向长江流域倾斜。江西文人加上江南文人岭南文人，已是一股不可小觑的力量。随着北宋的崩溃，南宋定都杭州，汉文化的中心又一次完全转移到南方。江南文人扬眉吐气的日子终于来了，有人对《宋史》中的儒林人物进行统计，浙江一跃为首，遥遥领先于其他各省。不仅是儒林，当宰相的，写词的，绘画的，都是第一。

三十年河东，三十年河西，宋朝南迁，和西晋东移，原因差不多，结果也有很多相似。都是失败的大逃亡，骨子里都缺钙，都有软骨病。江南文人似乎只有处在尴尬的地位上，才有大显身手的机会，而后人探讨"国民性"，检讨中国人的种种毛病，追溯其源头，大都喜欢从宋朝南迁开始。到二十世纪三十年代，罗家伦在南京就任中央大学校长，在演说中，提出了"诚，朴，雄，伟"的学风，所谓"雄"，是"要纠正中国民族自宋朝南渡以后的柔弱萎靡之风"，换句话说，就是要补钙，要治软骨病。

江南文人在南宋时期，并没有走六朝文人的老路，历史不可能简单重复。江南文人中，既出秦桧，也出陆游这样的爱国诗人。爱国诗成了江南文人创作的重要主题。南宋诚然无法和大唐相比，宋诗当然没有唐诗的雄浑，但是宋人用自己的脚，走出了新路。宋诗自有文学史上的独特地位，这一点，钱钟书先生的《宋诗选注·序》评价最为精确。南宋军事上算不上强大，文化艺术却不能不说厉害，宋词前无古人后无来者，音乐绘画都达到了前所未有的高度。江南文人此时已羽翼丰满，不是一句"江郎才尽"能轻易打发。

宋以后的江南文人，差不多成了一支职业军团。能插上一脚的地方，都能见到江南文人忙碌的身影。官场上，有各种大大小小的俗吏，得志的和不得志的，挤成一团。风月场合，酒楼妓院，达官贵人的府上，富商的后花园，江南才子们大显身手。写诗，填词，玩小曲，画几笔文人画，编几出传奇剧，江南文人一个个都是才子，在家是有名的居士，出家是有名的高僧，而且天生适合帮闲的角色，做清客，做讼师，做幕僚，甚至做账房先生。

按照唐宋八大家的思路，江南文人大都不能及格。然而江南的文人实在太多，真正继承唐宋八大家衣钵的传人，仍然出在江南。明朝的归有光、唐顺之，为维护古文运动的正宗地位，不懈努力，终于成了地道的八大家弟子，成为后来风行一时的桐城派的师宗。他们不仅在维护上立下了汗马功劳，在八股文方面，也成为一代俊豪。我对八股文没什么深入了解，只知道归、唐的八股文写得很漂亮。古文名家中，许多都是八股文的高手，八股文和骈文一样，似乎也不该一笔抹杀。

归有光和唐顺之是江南文人中很不错的代表，他们把唐宋八大家的文章，抬到了吓人的高度。就影响而论，八大家只是后劲大，是因为不断地有人吹喇叭抬轿子，才逐渐成为气候，其实在当时也就那么回事，完全不像后人标榜的那样。古人的包装和今天不太相同，那时有时间差，弄不好要隔好几百年。韩愈在世的时候，并没有几个人说他的文章好，他的地位是隔了一个朝代的欧阳修和苏东坡硬捧出来的。即便这样，韩愈文章的高度也不是一步到位，在明初的文坛，"文必秦汉，诗必盛唐"，此时要说八大家的散文好，绝对会得一个没文化的罪名。唐宋八大家如雷贯耳，成为中国古代散文的正宗，这是后来的事情，是归有光唐顺之他们闹的结果。

我一度对归有光很入迷，对《项脊轩志》和《寒花葬志》百读不厌，那时候还不知道他是八股文高手，只知道他考场并不得意，很大年纪才考上举人，以后玩命考进士，可怜考了八次，也没考上，于是赌气不考了。倒是他的弟子在科场很得意，福星高照，一考一个准，归有光在文坛上有那么大的名，似乎也和那些得意弟子有关。师出名门这是个惯例，水涨船高，师徒之间可以相互照耀，相互沾光。我因为归有光的关系，才去读八大家的散文，读了八大家，再读《史记》，已经是拜访老师的老师。按师承关系去读书，有时候是一件很有趣的事情，钱钟书先生曾举过一个著名的例子，如果喜欢鸡蛋，没必要去研究下蛋的母鸡，可是人有时候就喜欢做没必要的劳动。

江南文人丰富多样，自古文人都是要相争的，派系观念因此很强，无论抬高还是贬低，都免不了意气用事。好在江南文人人数众多，宋以后的历次文学运动，差不多都能插上一脚，占些位置。事实上，真正能把文人集合起来的也许只是科举，文风是一回事，诗歌流派是一回事，考场这一关谁也逃脱不了。考试让人到了同一起跑线上，大家不得不对是否金榜题名心服口服，科举是文人的唯一出路，是否有功名便成了衡量一个人成就的绝对标准。这标准横行了几百年，辛亥革命推翻了封建王朝，遗老们谈起革命党来，有两个江南文人的印象总算不太坏，一个是蔡元培，另一个是吴稚辉，印象不坏的原因是这两位有举人的头衔，是有功名的人。

江南文人在明清两朝科举中，如鱼得水，取得了骄人成就。

江南出文人，首先表现在科举上。逐鹿中原，舞枪弄刀，这不是江南才子们的强项。才子的刀枪是手头的一支秃笔，这支笔未必能得天下，却可以捞个官做，混碗饭吃。学而优则仕，导演了一场和平的战争，不流血，一样刀光剑影。《儒林外史》第一回"说楔子敷陈大义，借名流隐括全文"中，王冕一边喝酒，一边指着天上的星对人说："你看贯索犯文昌，一代文人有厄。"贯索和文昌是两个不同的星座，贯索有九颗星，象征牢狱，文昌有六颗星，如半月形，被认为是主持文运，贯索犯了文昌，天下的文人便要倒霉。王冕说的厄运就是科举，他听到这消息，第一个反应是要坏事，因此不无担心地预测："这个法却定得不好，将来读书人既有此一条荣身之路，把那文行出处都看轻了。"

明清两代，一是汉人统治，一是满人当权，就科举而言，大同小异，是一丘之貉。江南文人成了应试的常胜将军，在明代，浙江和江苏能入《明史》的列传人物，占据了前两位，进士及第人数分获第一和第三，中状元的人数占第一第二。到了清朝江浙两省势头更猛，尤其是江苏的苏南，已明显超出自宋明以来一直排名于前的浙江。清朝一共只有一百一十四个状元，苏南的仅苏州一府，就出了二十五人，而这二十五人，又恰好是江苏状元人数的一半，如果再加上浙江的状元，成就便更可观。

状元如此，进士及第更是大把大把地抓。江南文人在考场上，证明了自己的价值，究其根源，还是和江南的经济繁荣分不开。经济是基础，有了这样的基础，读书人才有出头之日。然而经济基础和科举得意，并不能完全证明江南文人如何了不得。事实上，江南文人如果没有思想支撑，永远都是酒囊饭袋。

四

明清之际，江南文人数量上占有绝对优势，就其品质而言，江南文人能让后人立为楷模的并不太多。科举制度从明朝开始步入极端，一部《儒林外史》便是最好的记录。明太祖朱元璋和他的儿子明成祖，政治上是一流好手，对待知识分子，总有点格格不入。或许是出身的缘故，这两位大明的皇帝，最容不得文人的傲气，作为天子，他们喜怒无常，拿文人当人时，"金樽相共吟"，不当人，说翻脸就翻脸，动辄"白刃不相饶"。明初著名的诗人高启，因为两句"小犬隔花空吠影，夜深宫禁有谁来"，引起朱元璋的猜疑而被腰斩。另一位名气不太大的诗人，在谢明太祖赐食的诗中，写了几句"金盘苏合来殊域，玉碗醍醐出上方"，"自惭无德颂陶唐"，其中一个"殊"字，被拆解成"歹朱"无德，于是推出斩首。

明成祖杀文人比其父更狠更残忍，方孝孺一案，株连九族，为了方孝孺曾说过一句"即便是株连十族又何妨"，于是朱棣为成全一个"十"，又滥杀了方孝孺的学生和朋友。在统治者高压政策下，无权无势的儒生寒士，只能噤若寒蝉，无所作为。从大趋势上看，江南文人的黄金年代是明末清初，这一时期的大动乱，使知识分子获得了统治阶级想管、又暂时管不了的相对自由。这时候出现了顾炎武，出现了黄宗羲，明末清初的江南文人很会闹事，因为会闹，所以很热闹。以江南文人为主体的东林党，借着反对阉党起家，经过一次次的党锢，终于在晚明时成了气候。

东林党人第一次有组织地体现了江南文人的力量。晚明的士风，不外乎两条道路。一是醉生梦死，腐化堕落，以出世态度远离官场，所谓张岱的"好精舍，好美婢，好娈童，好鲜衣，好美食，好骏马，好华灯，好烟火，好梨园，好鼓吹，好古董，好花鸟，兼以茶淫橘虐，书蠹诗魔"，在这条路上，出现了写和读《金瓶梅》的文人。另一条路是入世，读书致用，学而优则仕，前有东林，后有复社，崇祯年间，复社成员曾在南京、苏州两地碰头多次，根据当时留下的与会名单，共有两千〇二十五人参加了聚会。这么大的规模，似乎也可以作为资本主义的萌芽来考察，同志一词，也就是在那时开始流行起来，"出处患难，同时同志"，复社雅聚的直接目的，是为了制止阉党余孽的猖狂进攻，这一目的，当时确实已经达到。在晚明，东林和复社俨然成为革命组织，江南文人皆以是组织中人为自豪。

江南文人在明末清初这一特定历史阶段，表现得很暧昧。大敌当前，亡国差不多已成事实，无论是阉党，还是复社，党争代替了团结一致御寇，涉嫌报复成了一种公开的手段。《桃花扇》以戏曲的形式，记载了当时的尖锐冲突，失势的阮大铖企图讨好复社成员侯方域，结果遭到了李香君的怒斥。和江南文人相浮相沉的秦淮八艳，旗帜鲜明地站在反对阉党的一边，这种冲突导致了阮大铖后来对复社成员的残酷迫害。清军入关以后，一度处于劣势的阉党余孽马士英和阮大铖，把持了南明小朝廷，为了排除异己，马阮之辈借口复社中有人参加过大顺农民军，制造了"顺案"。国家都到了这一步，还是闹，临了真把国家给闹亡了。

亡国了，何去何从，大是大非，活生生地就摆在面前。虽然结果证明，所有的抵抗都是徒劳，但仍然有一些江南文人参加了抵抗运动。黄淳耀和侯峒坚守嘉定，陈子龙和夏允彝起兵松江，顾炎武和吴其沆在昆山举事，仅仅从军事的角度出发，这些抵抗无济于事。秀才碰到兵，有理说不清，亡羊补牢已经来不及，但是江南文人表现出的这种姿态，怎么说也是一个亮点。可惜这些亮点稍纵即逝，接下来的表现便太令人失望。明亡于清是中国历史上的大事，对于清帝国来说，它不过是摘了一个熟透了的桃子，是水到渠成，顺理成章。明朝的统治阶级自毁长城，自己挖了自己的墙脚，阉党弄权，党争不断，江南文人乃至整个中国文人都表现出颓废倾向，饥荒遍地，农民起义此起彼伏，于是好端端的汉人天下，落到了满人手里。撇开狭隘的汉民族正统观念，明亡于清其实是历史的进步。晚明是一个无法收拾的烂摊子，就亡国的必然性而言，明朝的崩溃在劫难逃。大声疾呼"国家兴亡，匹夫有责"的顾炎武，虽然提出了警告，似乎也没有起到多大作用。

> 有亡国，有亡天下。亡国与亡天下奚辨？曰：易姓改号，谓之亡国；仁义充塞，而至于率兽食人，人将相食，谓之亡天下。
>
> ……是故知保天下，然后知保其国。保国者，其君其臣，肉食者谋之；保天下者，匹夫之贱与有责焉耳矣。

对于后人来说，明亡于清，有两点痛心疾首，对于老百姓，连年战乱，家破人亡妻离子散，天下已亡，国何以堪。对于知识分子，除了普通老百姓的痛楚之外，还有一个逐渐丧失思想自由的过程。明末清初的江南文人，思想十分活跃，明朝亡了，思想自由的惯性仍然存在，清政府在一开始，对江南文人多少有些放纵，和明朝初年的两位皇帝相比，清初的几位皇帝肚子里更有文化，虽然是满人，他们的汉学基础以及对传统文化的认识，要比朱姓皇帝高明不知多少。正是因为高明，一旦着手收拾江南文人，一下子就能置于死地。

　　用不着苛求江南文人的亡国责任，要检讨的只是江南文人身上固有的软骨病，这种软骨特征，不仅表现在抵抗无力，更表现在经不起读书做官的强烈诱惑。明末清初的江南文人，并不缺乏不怕死的义士，但是不怕死，并不能说明就能抵挡得住官场的诱惑。迫切地想当官是文化人的死穴，中国历来讲究学而优则仕，学而优当官本来是个好传统，和世袭制度相比，让读书好的人处在领导岗位上，总比靠前辈的福荫好得多。因此，一方面，中国科举制度的功劳不能一概抹杀，富不过三代，万般皆下品，唯有读书高，读好了便有官做，这是最公平的竞争。然而，在另一方面，僵硬的科举制度让读书人都读傻了，学而优则仕走向了反面，成了读书人只有做官这一条绝路。

　　清朝的科举和明朝如出一辙，仅此一项，江南文人对于亡国的惨痛，就被抚平了一半。亡什么国，不就是改朝换代，那时候的文人，虽然不至于说满人不是汉人；也是中国人，因此大好河山落在清人手里，不能算是亡国，但是"六年忠义好凄凉，一阵夷齐下首阳"之后，清朝统治者恢复科举，读书人眼见着出人头地的日子又来了，于是一个个"身上安排新顶戴，胸中整顿旧文章"，又神气活现地出现在考场上。满人不仅在军事上彻底打败了汉人，也用官场的乌纱帽为鱼饵，将汉人完全制服。

　　江南文人中，只有少数人讲究民族大义，绝大多数都下水当了汉奸。在明末清初，并非只有投降这一条道路，像顾炎武、黄宗羲那样铁了心做遗民，也没有多少性命之虞，可是科举的诱惑，牵着江南文人的鼻子，在这条小道上一路走到黑。前面已经说过，秦淮八艳之成名，和江南文人的交往分不开，譬如李香君的养母贞丽，不仅"有侠气，尝一夜博，输千金立尽"，而且"所交接皆当世豪杰"，因此有其母则有其女。后人力捧秦淮八艳，要害就在于说明江南文人的缺钙，到关键时候，只注意到了生前，已顾不上身后，什么民族大义，什么亡国灭种，什么遗臭万年，都忘得干干净净，临了，连秦淮河边的风尘女子都不如。遥想当年，东林党人和魏忠贤的阉党斗争，复社人大骂阮大铖，即所谓轰轰烈烈的"南都攻阮",他们的集会地点往往是妓院,那时候,这些人是如何的光明正大,如何的正气凛然。他们能打动秦淮河边妓女的法宝,不是大把大把的银子,而是疾恶如仇的一股正气。

江南文人感到无地自容,是他们和阉党斗争了一辈子,结果在科举这根指挥棒的调度下,不仅和阉党中人一起携手走进考场,而且把当年根深蒂固的党见分歧,也一并带入清朝官场。在清初的几位皇帝眼里,汉人的党争十分可笑也十分可恶,党人们相互勾结,相互排挤,"人人各亲其亲而私其党",解决这种结党营私的最好办法,就是把天下智谋之士都掌握在自己手中,让他们狗咬狗,自相残杀。江南文人和阉党的斗争,某种意义上来说,也是南人和北人的斗争,在最初的较量中,江南文人又一次堕入下风。譬如代表东林党和复社人的陈名夏,丢人也算丢到家,先是明朝的状元,有着不算太小的官衔,李自成入京,俯首称臣,清兵入关,又俯首称臣,是标准的奴才坯子。他在清初也算一名得到重用的汉族大臣,是江南文人在清廷中的一面旗帜,而他昔日的对头冯铨,作为阉党和北人的代表人物,同样也是清朝的重臣。陈名夏竭力替主子卖命,吃辛吃苦地干了好多年,然而在讨论汉人是否留辫子时,为一句"留发复衣冠",竟然谪戍充军,另一说法更惨,是索性掉了脑袋。

五

江南文人在清朝开国初年，还真捞到了一些做官的机会。满人是征服者，一个个都是马上英雄，喜欢打仗，好武功非文治，对于具体的管理事务，有些不耐烦。"明季失国，多由偏用文臣"，满人为了吸取这一教训，不屑于做那些婆婆妈妈的事情，因此有关管理方面的琐事杂务，便让投降的汉臣去做。他们既然当了主子，免不了要多招收些奴才，中国的历史上，最不缺乏的就是奴才。江南文人如鱼得水，成群结队地到清朝的官场里去打工，是人是鬼，赶紧捞个一官半职。

统治者收拾文人，本来就是迟早的事情，翻开中国的历史，不收拾文人反倒是桩怪事。江南文人翻不了天，翻不了，也要收拾。在清人眼里，和元朝的蒙古人一样，中国人大致也可分为四等，汉人中的北人和南人，分别被列在最后两等，而南人是最心怀叵测的。清统治者对待江南文人，先是放纵，暂时不管你们，然后按部就班，一步一步了结。在明末清初，江南文人多少还有些傲气，清朝逼顾炎武出来做官，一而再，再而三，他就是不肯出山，不出山也没怎么样。许多人当了遗民，清朝皇帝网开一面，心里有火也先憋着，急着要做的事太多，还顾不上这些。

清因明制，恢复了科举，江南文人从羞答答，逐渐过渡到神采飞扬地走向考场。清朝皇帝终于找到了收拾江南文人的机会，顺治十四年，南北两个考场都出现了作弊现象，于是引起了科场大狱。贿通试官，买卖关节，这本是明朝留下来的陋习，可是此时却给了清政府最好的借口，正好用来打击汉族士子的气节。汉人总是觉得自己了不起，了不起却又要忍不住考场作弊，还有什么狗屁的气节可言。这一次科场大狱，牵连之广，杀头和流放人数之多，创中国有史之记录。被杀头的大都是主考的考官，而参加考试的众多举子，一个个也人人自危，惶惶不可终日。为了鉴别是否作弊，要进行当堂复试，复试不合格就有作弊之嫌，就得治罪。仅此一个刺刀下的当堂复试，读书人的"士风士气"，便"荡扫无遗"。

江南文人引以为豪的那种气节，南都攻阮时的团结，松郡起义时的豪迈，仿佛让人迎面扇了个大耳光，顿时无影无踪。总算还有一个叫吴兆骞的，在复试时，多少有些骨气，没有尿湿裤子。当时，凡有贿通关节嫌疑的举子，都聚集在中南海的瀛台，在皇帝的眼皮底下当堂复试。谢国桢在《清初东北流人考》一文中，曾描述了当时的情景：

　　复试时举子仍是戴着刑具，和犯人一般，每举人一名，命护军二员，持刀夹两旁作严厉监视，与试的举子，悉惴惴其栗，几不能下笔，如何能做得起文章。汉槎很愤慨地说："焉有吴兆骞而以一举人行贿的吗？"遂交了白卷，皇帝自然要生气，凡不中试的举人，都把他们打了四十大板，充军到宁古塔去！并且把他们的父母兄弟妻子都连同谪戍，这样子看他们还胡闹不胡闹。

　　汉槎是吴兆骞的字，江南吴江人，少年得志，恃才傲物，曾对当时极有文名的汪琬说："江东无我，卿当独步。"早在参加科举前，吴兆骞就是赫赫有名的人物，明亡之后，他现成的大名士做得有些不耐烦，出山应江南乡闱，本意是想随手捞个官做做，不料竟遇上了奇祸，流放东北。东北虽是满人发迹的地方，但是在当时却非常荒凉，对于一个习惯于江南生活的人，北国的天寒地冻，真把他折磨得够呛。如果说在复试时，吴兆骞身上多少还体现了一些江南文人的名士气，流放数年之后，他除了可怜巴巴地盼着返回老家，已经没什么别的奢侈的欲望。吴兆骞在关外待了二十三年，终于得到皇帝的恩准，带着老婆白首同归。据说吴兆骞写的一篇《长白山赋》，以其文字瑰丽，打动了康熙。这显然是一篇拍马屁的文章，因为这篇文章，皇帝脸上露出笑容，于是大家捐款，用钱将吴兆骞从关外赎了出来。

去清朝的官场谋事，在明朝的遗民看来，已经是丢人现眼，吴兆骞经此一折腾，读书人的斯文彻底扫地。如果说科场之狱，只是收拾了那些有意仕途的读书人，这些人本来已经失节，是大姑娘偷人，是寡妇再醮，罹祸咎由自取，是活该，那么另一路自以为天高皇帝远，躲在江南做名士的文人，却因为几乎是同时期发生的"哭庙"事件，灾难从天而降，莫名其妙地惨遭迫害。一六六一年，顺治驾崩，哀诏到了苏州，例于府堂设幕，"哭临三日"，苏州的老百姓趁江苏巡抚在庙，借机向他请愿，要求罢免新任吴令任维初。这任维初是山西人，做了苏州的地方官，别的能耐没有，横征暴敛却是第一等高手，上任伊始，就剖开大竹片数十片，在尿里浸着，警告说：

> 功令森严，钱粮最急，国课不完者，日日候此，负
> 欠数金者责二十，欠三钱以上者亦如之。

这是一位偏爱打人屁股的汉人官员，喜欢打屁股，同样是明朝的陋习。苏州人想，你又不是满人，何至于如此凶恶，大家

都是亡国奴，相煎何必这么着急。于是串通起来驱任，没想到江苏巡抚朱国治不是黑脸的包公，而恰巧是任维初的后台，这一刁状撞到了枪口上，朱国治不帮着苏州老百姓说话，反以"震惊先帝之灵"为由，参奏"哭庙"的人为大逆不道。本来只是一桩小事，由于双方都是汉人，清统治者索性小题大做，把那些早就想收拾的另一路江南文人，狠狠膺惩一下。结果自然是杀头，不是杀一个人，而是杀一连串。这一连串中，最知名的就是批《水浒》的金圣叹。

金圣叹是江南才子的一个典型，他身上洋溢着的名士气，直到今天仍然为人津津乐道。明亡后，他不得已参加会试，以"如此则心动乎"为题作文，篇末竟然敢这么写：

> 空山穷谷之中，黄金万两；露白葭苍而外，有美一
> 人。试问夫子动心否乎？曰：动动动……

他一口气连写了三十九个"动"字，这样的卷子自然不可能中。明末清初确实有这么一帮文人，亡国似乎和他们也没什么太大关系，只是终日兀坐，以读书著述为务。据说金圣叹最喜欢屈原，平日以《离骚》为下酒菜，一边高声朗读，一边尽情喝酒，

醉则须眉戟张，遇到贵官豪绅，嬉笑怒骂以为快事。金圣叹的文字挥洒自如，独出腔调，在明清小品中别具一格，而所批的"六才子书"，即《离骚》《庄子》《史记》《杜诗》《水浒》《西厢》，其批评方法，明快如火，惊才绝艳，在中国的文学批评史上也独树一帜。

然而统治者不会把金圣叹的那点文字把戏放在眼里，江南文人以才傲物，清朝的皇帝早就不耐烦。金圣叹在"哭庙"案中，完全是被动牵连，最初被捉的十一名主犯中并没有他。实事求是地说，"哭庙"一案，确有借机闹事之嫌，金圣叹根本算不上什么幕后主谋，但是上面既然想收拾你，也就无处可逃。他被押到南京，不问情由，先吃两夹棍，然后三十大板，立刻皮开肉绽。事情闹到了这一步，他自知活不了，给家人写了一封信，说：

> 杀头至痛也，籍没至惨也，而圣叹以无意得之，不亦异乎？若朝廷有赦令，或可相见，不然，死矣！

金圣叹糊里糊涂地丢了脑袋，死到临头，他仍然没有忘了幽默。值得挂上一笔的是，在"哭庙"惨案中处于对立面的两位昏官，临了也没有好下场。朱国治后来去了云南，以刻剥军粮，将士积忿，"乃脔而食之，骸骨无一存者"。任维初也因为犯了别的案子，被判杀头，行刑地点正好和金圣叹相同，是南京的三山街。笔记上有两则金圣叹临刑前的描写，一是他昔日想批佛经，和尚说，我出个上联，你若能对上，马上拿出佛经来让你批。和尚出的上联是"半夜二更半"，金圣叹听了，江郎才尽，怎么也想不出下联，结果在临死前，正值中秋，倒让他想起了一个绝对，是"中秋八月中"，连忙要儿子去告诉和尚，可惜对联对上了，想批佛经也没时间了。另一则更神，说刽子手刀都举起来了，他突然喊慢，说有话要对儿子说，儿子跑到他跟前，他用耳语悄悄说："豆腐干与花生米一起细嚼，有火腿味。"说完从容就义，他那宝贝儿子想半天，不知道这话是什么意思。

　　有人还杜撰了金圣叹临刑前口占的一首诗，虽然是瞎编，却也有几分他的玩世不恭腔调：

　　　　天公丧母地丁忧，
　　　　万里江山尽白头。
　　　　明日太阳来作吊，
　　　　家家檐下泪珠流。

六

　　清统治者用汉人收拾汉人，一箭双雕，收到极好的效果。科场舞弊事发，是行贿的举子因为没有兑现考中，自己觉着吃亏喊冤闹出来的，"哭庙"案从表面看，也是汉人之间的争斗，是汉人压迫汉人的结果，清统治者无形中成了主持正义的法官，似乎很公正，不偏不倚，被杀的人也只好捏鼻子。科场和"哭庙"两大案，敲响了江南文人自由时代结束的丧钟，接下来便是更进一步的文字狱，一桩接着一桩，此起彼伏，动辄大动干戈，譬如庄氏的《明史辑略》案，被缚者数百，杀头七十余位，江南文人从此水深火热，是进亦忧，退亦忧，稍有不慎，便有杀头之罪。对江南文人的控制，有一个逐渐收紧的过程，在一开始，很多人认为只要明哲保身，看准了，捞一把，混个大官小官做做，或者索性清高，惹不起，躲起来，就不会有什么事。事实却证明书生之见，不仅可笑，而且危险。重温历史，有时候不能不为明末清初的江南文人感到遗憾。江南文人作为一个群体，在这个时代，思想特别活跃，文化异常发达，虽然不是什么盛世，但是对于渴望自由空气的文化人来说，却真是一个十分难得的机会。

　　明末的东林和复社，与阉党展开殊死决战，其进步性不言而明，可惜，过多的结党结社，使得小团体大行其道。如果说早期的结合，还是同声相求，同仇敌忾，到后来，便是纯属附会风雅，拉帮结派。由于今天所能见到的材料，大都是东林党和复社人自我标榜的文章，所以不太可能轻易看出他们当时有什么不妥。其实仔细考察，便可以知道当初的所谓结社，最初的目的只是为了应付考试，猎取功名。说穿了，不过大家凑在一起学习经义，揣摩风气，为了有更好的机会捞个一官半职。为出仕读书已经成了一剂毒药，这就是为什么明亡之后，会有那么多党人先投李自成的大顺军，继而又跑到清人那里去做官。

　　官场的诱惑深深伤害了江南文人的灵气，奔走经营，争官夺利，往往混淆了是非，颠倒了黑白。有些人似乎明白这种弊端，因此一味地清高起来，或寄情于山水，或闭门不出，两耳不闻窗外事，声色犬马，管他亡国不亡国。明末清初的江南文人，或进或退，都有严重问题。进则厕身官场，结党营私，同流合污；退则隐居江湖，逍遥逃避，醉生梦死。江南文人似乎始终找不到理想支柱，找不到精神上的最后寄托。当国家这部机器一步步失去控制，作为先进的知识分子群体，在这种历史性的崩溃面前，江南文人中的大多数，不仅无能为力，更糟糕的是没有任何作为。

　　江南文人引以为自豪的，绝不是出了多少个状元，封了多少名宰相；有很多人得意于仕途，驰骋大大小小的官场，也不是因为有了东林党，有了复社，出了很多风流才子，潇洒于秦淮河畔，画舫笙歌，酒食争逐。江南文人骄傲，是因为有了顾炎武，有了黄宗羲。在这样的乱世中，依然能有几位保持头脑清醒的文化人，江南文人才不至于一下子完全被人看扁。因为有了顾炎武和黄宗羲，江南文人一下子增加了许多亮色。限于篇幅，这里只谈顾炎武，作为明末清初最杰出的江南文人代表，顾炎武的影响，绝不局限于所生活的那个时代。事实上，顾炎武当时的影响也许并不能算太大。他关于亡国和亡天下的议论，同时代未必有多少人知道，知道了也未必肯听进去。顾炎武既不是东林党的领袖，也不是复社的盟主，更谈不上执文坛之牛耳。明末清初，名声更大的应该是钱谦益，是陈名夏，是吴伟业，可惜这些人都成了汉奸，名列《贰臣传》，丢人现眼，遗臭后世。顾炎武没有什么了不起的功名，学而优则仕这条路和他无关，然而一生中，可圈可点的事迹实在太多。《辞海》关于顾炎武有这么一段记录：

　　　　学者称亭林先生。少年时参加"复社"反宦官权贵斗争，清兵南下，嗣母王氏殉国后，又参加了昆山、嘉定一带的人民抗清起义。失败后，十谒明陵，遍游华北，所至访问风俗，搜集材料，尤致力于边防和西北地理的研究，纠合同道，不忘兴复。晚岁卜居华阴，卒于曲沃。学问广博，于国家典制、郡邑掌故、天文仪象、河漕、兵农以及经史百家、音韵训诂之学，都有研究。晚年治经侧重考证，开清代朴学风气，对后来考据学中的吴派、皖派都有影响。

顾炎武是中国历史上真正承前启后的人物。他著作等身，为后人所熟悉的有《日知录》《天下郡国利病书》《肇域志》《音学五书》《韵补正》《亭林诗文集》等。一个人能写一大堆书，不稀罕，关键在于是什么样的书。顾炎武的学识，和宋朝开始流行的理学不一样，不是如程门师徒雪夜相对静悟出来的，而是靠自己的双脚，脚踏实地到处调查研究，然后才变成文字著作的。顾炎武曾批评过当时的信口空谈，认为世人所谈论的时髦理学，其实只是一种禅学，不是货真价实地取之经书，而是依靠一种偷懒省事的"语录"。利用前人的只言片语，做出后人自说自话的全新解释，这种学风正是顾炎武力图要改变的，全祖望《顾亭林神道表》谈到顾氏如何做学问，这样写道：

> 遍游边塞之区，游历所至，二马二骡，载书自随，遇边塞亭障，必呼老兵退卒，问其曲折，与平日所闻不合，即于坊肆中，发书对勘。故于山川险要，皆经目击，因能言之了如指诸掌。

曹聚仁在《中国学术思想史随笔》中谈到顾炎武，也就着全祖望的思路，进一步发挥：

> 倘若经行平原、大野，没有可以留意的地方，便在马上默诵经书注疏。他又喜欢金石文字，一走到名山、巨镇、祠庙、伽蓝所在，便探寻古碑遗碣，拂拭玩读，钞录大要。他所著述的，都是他自己旅行中实地勘察所得的资料，和一般人的闭门造车，过蠹鱼生活的大不相同。

顾炎武的学问人格，也让清统治阶级垂涎，这是一块顽固不化的石头。为了巩固统治，清政府开设"博学鸿词科"，想把像他这样的优秀人物，统统招入自己的人才库备用。但是，顾炎武拒绝了一切诱惑，软硬不吃，既没有恃才傲物，趁机要个好价钱做官，也没有志灰心馁，遁身山林，做出世的大名士。冒着杀头的风险，他大讲经世致用之学，奔走南北，与明遗民在一起，随便发表政见。他的一腔正气，与日月同在，与山河并存。所有这些，清政府不仅不加以干涉，还由当时的陕西提督张勇的儿子出面，向顾炎武请教学问，并想刻他的著述。清统治者向来不把杀人当回事，尤其不在乎杀文人，偏偏对于顾炎武，却保持了最大的克制。一直到他已经七十岁，清政府仍然不忘拉拢引诱，顾炎武义正词严地说：

> 七十老翁何所求，正欠一死，若必相逼，则以身殉之矣，一死而先妣之大节愈彰于天下，使不类之子，得附以成名，此亦人生难得之遭逢也。

清政府对待顾炎武，总算是明智的。"刀绳俱在，无速我死"，顾炎武视死如归，统治者也无奈他何。杀一个顾炎武有何难，他的精神既然已经存在，肉体上的消灭也就失去意义。顾炎武为江南文人做了最好的表率，是后来一切读书人的楷模。还是前面已经说过那层浅薄的意思，因为有了顾炎武，因为有了顾炎武开创的学风，江南文人活着，多少还有些奔头，好歹还有些出路。从发展的眼光来看，亡国有时候并不是一件最坏的事情。亡国有时候不过是改朝换代，可怕的是亡天下，天下若要亡，这世界便到了末日。

江南文人在明末清初或进或退的两种表现，经过清统治阶级的严厉打击，得到了最有效的扼制。在强权政治面前，江南文人似乎再也潇洒不起来，为了保住自己可怜的脑袋，开始做起死学问。这是坏事，也是好事，做死学问的直接结果，就是促成了乾嘉学派的横空出世。江南文人在清代三百年的学术思想史中，又一次体现出人多的优势，平心而论，清朝比明朝好得多，清朝文章学术之盛，集中国几千年封建社会之大成，"汉唐以来，未有其比"，诗、词、小说、古文、小学、天文、地理、水利，都是前朝所不能比拟，而这种繁荣，江南文人功不可没。

清朝的文化繁荣，可以和欧洲的文艺复兴相媲美，这是一个值得深思的现象。中国的封建社会，最出色的应该是大清帝国，它创造了前所未有的辉煌。清朝的崩溃是因为遭遇了资本主义，这是江南文人做梦也不会想到的事情。为什么文化人失去了思想的自由，依然能够戴着镣铐，取得那么好的学术成就，后来学者应该常常扪心自问。江南文人的地位，是明清两代奠定的，而清代的学术思想，其实是对明代学风的否定。清代的江南文人，给他胆子也不敢搞小团体，结党营私既然是死罪，老老实实地待在书房里做学问，就是很自然的事情，死学问有时候也可以做活。在官迷心窍方面，清朝文人要比明朝文人有节制得多，起码在鸦片战争之前是这样。同样，在放浪形骸方面，清朝文人相差得就更远，正如有人评价的那样，明人飘逸不羁，不认真，是浪漫主义，而清人则拘谨严肃，喜欢一板一眼，是古典主义。

清朝学术是明朝学术的反动，正是这种反动，成全了江南文人。江南文人在清学术思想方面，占有十分重要的地位，譬如吴学，譬如浙东学派，此外，像皖学和扬学，无论从地理概念，还是从学理思路，和江南文人都一脉相承。清朝的江南文人，很少有像明朝的名士那样，流连在秦淮河畔。唐伯虎、秦淮八艳、《板桥杂记》，这都是明人的故事，它们伴随着民间的加工夸张，构成了一幕幕虚幻的风流传奇。然而，风花雪月远不是江南文人的真相，江南才子在清朝没有那么多的风流韵事，有的只是不堪回首的文字狱，没完没了的腥风血雨，清人因祸得福，死学问做成了真学问，这种真学问是有惨重代价的。

江南文人是一个说不完的话题。《诗经·周南·汉广》上曾说："江之永矣，不可方思。"这里的"永"，比较容易解释，是长的意思。而"方"则有些分歧，一说为竹木编成的筏，在这用作动词，翻译成大白话，就是坐着竹筏也到不了尽头，另一说是"周匝"，意思是环绕，遇小水可以绕到上游浅狭处渡过，而长江太长，不可能绕匝而渡。这两种说法都有来头，也许都对，也许都不对。不管怎么说，江之永矣，不可方思，描写了一个男子追求爱情的失望心情，这一点大致错不了。江南文人的话题很长，有些话还是留着以后再说。通常情况下，追求爱情和追求真理相仿佛，对江南文人的描述，最后只能是不了了之。

一九九九年十一月十日　碧树园

从解手说起

一

　　解手犹如今天的人去洗手间，是撒尿的一种拐弯和委婉说法。古人和现代人在"便溺"这件不大不小的事情上，总是不愿意直截了当说出来。好在大家都懂，懂了也就不去追究为什么。只有那些固执的学者，会为此大伤脑筋，千方百计琢磨出处。抗战期间，顾颉刚先生避国难，在四川做义民，与人闲聊中，了解到明末时，张献忠杀人如麻，蜀人未遭屠戮的只有十分之一。到了清初，号称天府之国的四川尽化草莱，所以朝廷不得不下令移民，"以湖广填四川"。老百姓是不听话的，因此要强迫，一个个都把手捆起来，像押壮丁一样，被捆的移民途中内急，就请押送的兵丁"解手",因为只有解了手,才能把便溺这件事办好。"出恭"也是同样的道理,过去的学童念私塾,就厕时必须领出恭牌,一来二去,出恭便成为一个固定词组。

学者的特点是喜欢琢磨为什么,顾颉刚是历史学家,举一反三,他对解手的兴趣,自然不会停留在字面的意义上。解手是中国移民史的一个好例子,而为什么要移民四川,恐怕不是一个张献忠杀人就能说清楚的。明清之际,四川原有的人口遭受灭顶之灾,这和战乱有着直接的关系,连绵不断的战争阻碍了生产的发展,张献忠三次入川,交战双方既有明军和农民军,又有明军和清军,以及清军和南明的军队,清军和吴三桂的"西府兵",此长彼消,打来打去,多少年也没太平过。打了这么多仗,人口死亡无数,把账都推在八大王张献忠身上,显然不公平。这一时期四川人口的骤减,战乱是重要原因,和天灾也分不开,造成死亡的因素还有瘟疫,有特大的旱涝,"大旱大饥大疫,人自相食,存者万分之一"。据说当时还发生了"千古未闻之奇祸"的虎灾,川北南充一带,群虎自山中肆无忌惮走出来,"县治、学宫俱为虎窟"。老虎吃人并不是什么新鲜事,但是群虎成灾,"昼夜群游城郭村圩之内",可怜的老百姓都成了猎物,回想起来便太惨了些。

天灾人祸是一对难兄难弟,一旦灾祸来了,老百姓往往束手无策，坐以待毙。移民是一个重要的补救措施，一开始是强迫，因为移民的结果并不乐观，南充县知县的报告中说，原报招徕户口人丁五百零六名，虎噬二百三十八名，病死五十五名，剩下的只有二百一十三名，新报招徕人口七十四名，现存三十二名。虽然清政府给予极其优惠的政策，"四川耕地，官给牛种，听兵民开垦"，"凡抛荒田地，无论有主无主，任人尽力开垦，永给为业"，但是动不动就成了老虎的午餐，不用绳子捆着刀架在脖子上，老百姓断然不肯上路。好在这些优惠政策的诱人之处不言而喻，因此道路尽管曲折，前途却一片光明，那些移民只要能熬下去，不葬身虎口，开十几亩荒地，便是一个很不错的小地主了。

明末清初的向四川移民，开始时要强迫，到后来，因为有一个好的前景作为诱惑，强迫变成了自觉，渐渐地，移民成为一种潮流，汹涌澎湃，在差不多一个世纪中，人口剧增，荒芜的四川逐步上升为人口最多密度最大的地区。情况真是说变就变，人和老虎较量，很快还是人占了上风。在康熙初年，四川境内"人烟俱绝"，到康熙四十年已是"湖南衡、永、宝三府百姓，数年来携男挈女，日不下数百口，纷纷尽赴四川垦荒"。雍正五年，"湖广、广东、江西等省之民，因本地歉收米贵，相率而迁移四川者，不下数万人"。统计资料显示，在乾隆八年到十三年之间，自湖广"由黔赴川就食者，共二十四万三千余户"。这是一个骇人听闻的数字，那时候的一户不是现在的三口之家，上有老下有小，拖儿带女，一户中有十几个人是常事。

四川很快就繁荣起来，容易被忽视的是人满为患。人多并不是在今天才是坏事，清道光年间的《新都县志》就已经这么说："昔之蜀，土满为患，今之蜀，人满为患"。"计划生育"是现代名词，农民思想的根本就是，地多一些，儿子多一些，问题在于这两个玩意尖锐对立，土地开发总是有限的，而儿子没完没了，以几何倍数迅速放大。时至今日，四川是中国人口输出大省，在深圳，在海南，在拉萨，在任何一个需要开发的地区，都可以见到浩浩荡荡的川军。熟悉中国移民史的人都知道，早在"湖广填四川"之前，就有一个轰轰烈烈的"江西填湖广"运动，原因十分相似，不过是发生在宋元之后，由于战乱，"湖湘之间，千里为墟，驿驰十余日，荆棘没人，漫不见行迹"，到元明之际，湖广地区的人口损失更大，因此明朝政府不得不下令，采取和后来清政府同样的强制移民措施。

顾颉刚考证出川人的"解手"一词，源于清初的"湖广填四川"，而湖北人上厕所也说解手，因此还可以往前推移，很可能在"江西填湖广"时就已经有了解手这一说法。

二

中国的知识分子习惯通过书本了解历史，喜欢纸上谈兵。徐霞客算是不多的身体力行者之一，他的游记成为了解中国地理的重要教材。明崇祯十三年，徐霞客自丽江"西出石门金沙"，取道东照，写了一篇很有名的《溯江纪源》，指出应该以金沙江为正源，岷江不过是其支流。这一观点曾为许多专家学者所引用，并认为"发现长江正源"是徐的重要贡献。譬如丁文江就说"知金沙江为正源，自先生始，亦即先生地理上最重要之发见也"。历史地理专家谭其骧不同意这种观点，他根据《汉书·地理志》和《水经注》上的记载，得出早在两汉六朝时就已经知道金沙江出于丽江徼外，而且知道它的上游更在汉源以西的巴安一带。换句话说，徐霞客知道的事情，前人早就知道了，而大家弄不明白的根本原因，恰如徐霞客自己所说："河源屡经寻讨，故始得其远；江源从无问津，故仅宗其近。"黄河流域在中国的政治上占主要地位，古人对黄河的关心，远远超过了对长江的关心。由于《禹贡》多少年来都被读书人奉为经典，"岷山导江"也就被误认为岷江就是长江的正源。徐霞客的意义在于以自己的亲身经历，推翻了一千多年来陈陈相因的旧说，因此他的伟大贡献，并不是什么重要的地理发现，而是显示了向经典和权威挑战的勇气。

这个例子说明，中国人想知道自己国家的地理，很不容易。徐霞客已是这方面的大权威，但是也不太清楚前人早已知道他所发现的事情。一般读书人，都希望自己能够达到"上知天文，下知地理"的境界，行万里路，读万卷书。可惜天下之大，不是书呆子坐在书斋里就能想象的，屈原在《天问》里就发出过感叹："九州安错？川谷何洿？东流不溢，孰知其故？东西南北，其修孰多？南北顺椭，其衍几何？"郭沫若为这段饶舌的话做了这样的翻译：

> 九州究竟安放在什么上面？河床何以洼陷？
> 江河老是向下流，何以总不能够把大海流满？
> 地面，从东至西究竟有多少宽？从南至北多少长？
> 南北要比东西短些，短的程度究竟是怎样？

中国文人的许多地理知识是从《山海经》中得到的，譬如说黄河的源头，有点文化的都以为是昆仑山。黄河是中国的母亲河，来自莽莽昆仑，玉皇大帝王母娘娘，都和这座山有了关系，

"黄河之水天上来"，昆仑自然而然地成了上帝的宫囿，登山等于上天。黄河又是中原人民的生命线，大家出于崇德报功之俗念，便视西方为极乐世界。本来弄明白黄河源头并不是什么难事，然而这些地方更多的时候属于西戎，中原的文人没机会去，只能像顾颉刚先生所说的那样："在求知之烦闷中时涉遐想，遂幻造无数神话以自慰藉。"

对于今天的人来说，都知道地球像个南瓜，是椭圆的，可是古人没有这样的概念。人类最初的文明，都是沿着河流的方向发展，水往东边流，于是东西文化交流就成了主旋律。战国七雄，位于最西边的秦国终于一统天下，秦始皇统一文字，统一度量衡，统一车轨，成为中华的第一位封建君王。我一向对中国的历史地图有兴趣，秦时的地盘用今天的眼光看，其实还很可怜，它甚至不足今天中国版图的三分之一。秦帝国也不像人们想象得那么强大，难怪外国人不说华夏子孙是秦人，只说是汉人或唐人。西汉的版图与秦时相比，差不多大出来一倍，秦帝国看上去不过是东面的一片树叶，汉帝国却像一个东西横放着的葫芦，今天的酒泉是葫芦颈，偌大的一片西域都护府，皆属于汉朝的管辖。

开发西部是汉朝皇帝最崇高的理想，这首先表现为一种军事上的征服，其次便是移民，让中原的老百姓在新开发的疆土上安居乐业。领土的扩张只有通过开发西部才可能完成，因为当时中国疆域的东部已抵达海边，没有发展空间，要想建功立业只有西征。少儿虽非投笔吏，论功还欲请长缨，于是，男儿生世间，及壮当封侯。于是，辞家战士无旋踵，报国将军有断头。大丈夫马革裹尸还，这是何等的豪气，汉朝强盛时，中国的疆土西出玉门关，直达巴尔喀什湖，已远远地进入今天的哈萨克斯坦境内。为了在已获得的领土上站稳脚跟，汉武帝时曾移民百万，设置五十余县，一度创造了所谓"新秦中"，即新的关中地区。

据专家考证，秦汉时期的关中地区曾是生态环境最好的地方。土壤肥沃，在当时被评为第一等的好土质，非常适合发展农业。此外，水资源丰富，有"八川绕长安"之说。但是这种繁荣到了唐朝，已经开始打折扣，"三月三日气象新，长安水边多丽人"，长安八水依旧，水资源却明显减少，统计资料显示，战国时的郑国渠初开发，可溉田万顷，汉时开发的白渠，可溉田六千多顷，到了唐初，其灌溉能力已下降了三分之一，到晚唐干脆下降了十之七八。关中平原的环境恶化在唐末已露端倪，而根源便是汉唐开发西部时，对森林和植被的肆意破坏。"新秦中"只是一个美好的梦想，中国西北部的自然环境十分脆弱，森林草原被毁坏，地表被开垦，很容易造成水土流失。最新考古已经证实，在内蒙古乌兰布和沙漠发现了西汉古城和屯垦遗址，早在西汉时期，这些古城和遗址就已经被放弃，从此再也没有被开垦过。

西部大开发促使了沙地的增加，这是汉唐统治者做梦也不会想到的恶果。到了唐时，版图和西汉盛时相比，又增添了许多，葫芦颈不复存在，西北已远远深入今天的哈萨克斯坦境内，将庞大的咸湖纳入自己怀抱，西南将阿富汗吞掉了大部分，直接和伊朗相接。审视当时的版图真能引起无限感慨，丝绸之路成为大通道，大唐帝国让今天的中国人狠狠地出了一口气，露了一回脸。可惜这样的黄金时代并不长久，安史之乱，以及后来的黄巢起义，使得不可一世的唐帝国很快土崩瓦解。

在谈及中国的大历史时，过去习惯讲农民起义的推动作用，把历史的进展归结为斗争的结果。这种流行的观点在今天未必全错，但是我却想起了美国耶鲁大学的亨廷顿的观点，这观点早在三十年代就由潘光旦先生介绍过来，据亨氏的说法，中华民族在自然选择上吃了大亏，因为中国的荒年太多，而荒年之多又是因为中国北方和西北方的特殊气候风土。换句话说，中国的自然环境并不是十分理想，长安作为中国古代的都城一次次地东迁，东迁洛阳，后来索性移到了北京，不能不说和长安周围的自然环境越来越恶劣有一定关系。西北地区首先是失去了经济地位，接着才失去政治领导地位，作为屏障的森林和植被破坏，有雨是水灾，无雨成旱灾，水资源已完全失去控制，偌大的西北再也不是中国最重要的粮食生产基地。要求古人考虑到今天时髦的环保问题显然不现实，然而不能说中国古代就不存在严重的环保问题。荒年是农民起义的直接动机，与其饿死，不如造反，中国是一个农业国，只有当土地不能让人生存的时候，农民才会铤而走险。

三

中国的老祖宗早就明白天时地利人和的重要性。在老天爷面前，人或许永远无能为力，人定胜天只是一种美好的想当然。譬如治理西北的恶劣环境，大家早就知道造林可以直接减少水旱之灾，间接可以减少大荒年，但是中国西北部的沙漠化趋势，事实上绝非人力可以遏制。和破坏的轻而易举相比，人为的补救显得有气无力，即使一次次造林成功，作用也很有限，而且非常容易再次被毁坏。环境恶化在某种意义上来说，一旦成为事实，就不可能逆转，至多只能是延缓。有专家已经指出，中国北方的连年植树，动静大成效小，根本原因还在于水资源满足不了树苗成活的需要，结果只能是种了死，死了再种。

环境的问题不是砍了树，再种上就完事。由于农业思想的根深蒂固，古代开发西部注定是垦荒造田，所谓垦荒造田，用今天的话说就是破坏生态环境。这是一个必然的选择，多少年来，农业是华夏子孙特别是汉族立于不败的根本，在和游牧民族的对峙中，我们总是想用农耕代替游牧，因为对于农民来说，天赐的树林和草地没有任何用处，应该开垦出来种粮食，而游牧民族入主中原以后，又想当然地以游牧代替农耕，因为对于他们来说，让马吃饱几乎和人吃饱一样重要。想当然地改变原有的生态平衡，结局都是失败，双方谁也征服不了谁，谁也改变不了对方。汉族移民的垦荒加速了沙漠的扩展，把西北变成新粮食基地的美好愿望，迅速成为不现实的痴心梦想。游牧民族获得政治领导地位以后，很快也只有汉化，顺应汉人传统的农耕方式，否则不种粮食，不仅养活不了那么多人，税收方面也没有保障，一个没有财政收入的政权是没有前途的。

古罗马帝国最强盛的时候，整个地中海都包括在它的版图之中。征服永远比统治和管理一个地区容易，成吉思汗扩张地盘，一路西征，成为"东方流来的一股祸水"，火烧莫斯科，西破波兰和匈牙利，进入奥地利及亚得里亚海东岸，矛头直逼意大利的威尼斯。拥有最大限度的版图，差不多是每个获得强权的帝王的梦想，然而这种野心和梦想，无一不以失败而告终。天下可以从马上得到，但是却不能坐在马上管理，统治者总是习惯用一种模式来驾驭世界，反客为主的结果就是天人合一的生态平衡被打破，于是只能面对两种选择：一是被原住民驱逐，譬如罗马帝国的崩溃，譬如成吉思汗的蒙古帝国的垮台；一是由征服降格为被征服，充分认识到自己是客，客随主便，将自己融入原住民的生活习惯中，譬如南北朝时入主中原的鲜卑人的汉化，又譬如清朝统治者入关后对明朝制度的继承。

原有的生态平衡被破坏，会带来一系列严重后果。异族入侵容易造成环境问题，本民族的统治也可能犯同样的错误。环境恶劣引起天灾，天灾又演变为人祸，农民因此揭竿而起，抱着同归于尽的心情，和封建王朝一起走向灭亡。唐朝末年的黄巢起义是这样，明朝末年的农民起义也是这样，严重的生存危机，犹如火山爆发，通过战乱这种激烈的形式获得了缓解。大量的人口死亡缓解了耕地不足，缓解了荒年的颗粒无收，这是一种典型的休克疗法，残酷却十分有效。根据阶级斗争学说，农民起义的更重要原因是贫富不均，但是对起义进行一番粗略考察之后便会发现，什么地方灾荒严重，什么地方就自然而然地成了暴乱的策源地。换句话说，人为的环境破坏，直接造成了干旱或者洪涝，天灾的根本原因还是因为人祸，人祸造成天灾，天灾又加剧了人祸。

南京市内的玄武湖现在已成了一个很重要的风景区，在宋以前，这湖和长江连成一片，王安石在南京做官的时候，觉得湖区浪费了可惜，下令围垦。结果大片的土地被开垦出来，顿时一派丰收景象，可是好景不长，洪水来时无地方可去，便在市区里乱窜，临了不得不折衷让步，恢复一部分湖区来防洪抗旱。我们今天所能见到的玄武湖水面，事实上只有当年的三分之一。这个例子充分说明，垦荒造田会很快见效，有时甚至立竿见影，据说在北方草原种粮食，最简便的办法，是放一把火，把原有的野草都烧尽，简单地翻耕一下，直接播种，当年就有非常好的收成。投资者收益十分明显，可最终结局却一定是沙漠化，因为种粮食的土地非常脆弱，任何一次致命的干旱都可能变成不能逆转的灾难。

说到环境破坏，历史地理学家会告诉我们一些很沮丧的数据，那些造福于人的重大工程，多年来人们只想到了它的功劳，却忽视了过错。譬如著名的京杭大运河，这条隋朝时凿成的人工河，把中国的南北连成了一片，它所造成的负面影响，同样骇人听闻。邹逸麟教授在《以古鉴今——反思人地关系之历史》一文中指出，由于运河山东境内从济宁到临清一段无天然水可利用，结果当地所有的水源都被强行引进运河，运河沿线的水源"涓滴归公",谁敢盗水,便要充军发配,因此,不仅破坏了鲁中地区的地下水资源,同时也使当地农民无水灌溉,农村经济严重凋敝。

> 此外,京杭运河为维护航运,两岸全线筑堤,随着河道淤高形成地上河,犹如在东部平原地区树起一道地面长城,黄河泛决,霖雨积水,无处宣泄,便在鲁西南地区到处泛滥成灾,遂使这一带成为近五六百年来农业衰退、人民生活贫困的地区之一。

我们都知道乾隆下江南的故事,都知道有了运河,北方的政治和南方的经济,因此联系在一起,这种紧密联系是中华大一统的重要保证。富庶的江南源源不断地向北方运输钱粮,没有铁路之前,运河是中国的一条大动脉,很少有人在意它给运河沿岸带来的不利因素。但是,没有历史眼光将是一件可怕的事情,以往的教训不吸取,便会犯更大的错误。在利益的驱使下,人类什么样的事情都可能做。读小学的时候,我曾在苏南农村生活过几年,那时的水乡河流交叉,潮起潮落,门口的河水不停地流动,即使看上去有些浑浊,喝了也不会闹肚子。河里都是鱼虾,田埂边就能捉到螃蟹，青蛙多得无法计数。村村都有成片的竹林，白墙黑瓦掩隐在绿色植物之中，喜鹊在天上飞，时不时还有外乡人持猎枪来打野鸡。也不过是三十多年前的情景，时过境迁，如今的苏南找不到一条没有被污染的河流。"一物失称，乱之端也"，经济上去了，农民都住上了小楼，生态环境却遭到了有史以来最严重的破坏，这不是一个好的结局。

四

我对历史地图有着浓厚的兴趣，记得小时候去北京，同座的两名女学生每到一个车站，立刻拿出地图册兴致勃勃地进行对照。或许受这件事的感染，在以后的日子里，我常常会为历史地图入迷，遇上弄不明白的事，就像骁勇好战的军事指挥员一样，对着地图老气横秋地瞎琢磨。中国久远的历史给了后人充分的想象空间。

单纯地学习中国历史，更多的收获可能只是时间概念，记住了朝代的更替，记住了皇帝的排名，琢磨历代的地图，却可以有一种直观的空间感。在没有接触历史地图之前，我对战国时期的合纵连横一直没有清醒的认识，只知道无论合纵还是连横，目标都是针对正在崛起的秦国，看了地图以后立刻明白，为什么秦国破了合纵连横之后，自己就能独步天下。其实从地理位置上来说，楚国最为有利，它若合纵，即南北联合，联合魏、赵、燕，"则秦不敢东顾，齐不能西向"。它若连横，即东西结盟，"与齐联合则秦弱，与秦联合则齐孤"。可惜楚国未能把握好时机，为了一点蝇头小利，朝三暮四，结果中了秦国的圈套。

强秦的胜利预示了中国历史的一个重要走向——威胁和危险，通常来自西部。"普天之下，莫非王土，率土之滨，莫非王臣"，在古人的地理概念中，天圆地方，四周都是大海，大海是大地的边缘。谁掌握了中原，谁就掌握了对这个国家的支配权，谁就是至高无上的皇帝。不管是秦汉，还是大唐，来自东方的挑战多少都显得无关紧要，而一个朝代的由盛转弱，通常以首都东迁为标志，西周成为东周，西汉成为东汉，西晋成为东晋，都是典型的东不如西，西变为东，是一个强有力的中央集权颓败的开始。换句通俗的话说，一个有作为的政府总是惦记着开发西部，一个窝囊的小朝廷便只有做好随时东逃的准备。

在东西的较量中，更多的时候是西占着上风，汉字构成的词组似乎可以非常形象地说明，若要往西去，常说的是西征，这意味着要真刀真枪，要卧薪尝胆，要精心准备，若要向东来，常说的是东进，好像是顺理成章，水往低处流，根本就不要花什么力气。同样的道理是北伐和南下，唐以后，地理概念上的东西对抗逐渐减弱，更多的是南北对峙，在南北之间，占据有利位置的总是北方。加上"南"字头朝代，无一例外皆是可怜兮兮的小朝廷，不是偏安，就是很快地亡国，譬如南唐，譬如南宋，譬如南明。在政治上，南北势均力敌的时候很短，南方政府要想偏安，常见的办法是俯首称臣，像南宋皇帝和金的关系就很滑稽，要称金主为叔叔，跌软跌到这种份上，真是太没面子。丢脸还不算，必须老老实实地岁贡，每年缴纳岁币银绢各二十五万。想想中国的南方真窝囊，生来就是向北方缴银子的命，中央政府在北方，得缴，中央政府逃到了南方，仍然是缴。

中国历史上曾出现过几次大分裂，三国，南北朝，还有五代十国，战争连绵不断，最终结束混乱局面，将四分五裂的中国重新统一起来的强权人物，都来自北方。诸葛亮鞠躬尽瘁，最后也只是出师未捷身先死。南方对北方的挑战极度艰难，史家早就注意到，诸葛亮的用兵，是"先定南中而后北伐"，在南征中，七擒孟获，充分显示了军事才华，然而北伐却次次失败。蜀兵七年中"六出祁山"，留下了"挥泪斩马谡"和"空城计"的著名故事，这些故事的实质，都说明诸葛亮军事上的失利。作为军事家，诸葛亮的水平被大大夸大，也许壮志未酬更能打动人，更让人有想象空间，也许对抗中，南方总处于下风，诸葛亮给后人更多的是一种精神上的鼓舞。他的"王业不偏安"思想，对南方政权有着很好的警诫作用，尤其对那些想收复失地的北方人，不仅是精神力量，也是很好的心理安慰。

三国时的蜀汉对曹魏用兵不可谓不努力，连年征战，一次又一次失败，甚至诸葛亮死了以后，也仍然用兵不止，"九伐中原"。孙吴的使臣回家报告说，他所到之处，蜀"民皆菜色"，曹魏得到的情报也说，蜀军"士皆饥色"。"心存汉室"成了穷兵黩武的借口，事实上，以现实客观条件而言，蜀汉并不具备统一中国的实力，因此历史学家不得不怀疑蜀汉最后的失败和连年征战国力消耗太大有关。而曹魏自从赤壁败后，回到北方，一直避免与诸葛亮正面决战，采取的政策是养兵屯田，以逸待劳，迅速恢复战乱造成的经济萧条。结果北方乡村一片繁荣景象，"农官田兵，鸡犬之声，阡陌相属"。一旦时机成熟，魏军入蜀，长驱直入，在很短的时间内，轻而易举解决了蜀汉。记得小时候看连环画，蜀主刘禅是个半大不小的毛孩子，这也许受了"刘备托孤"和"扶不起的刘阿斗"的影响，其实刘禅自十七岁起，做了四十年的皇帝，成为魏军的俘虏而"乐不思蜀"时，已是个不折不扣的老头。

　　曹魏的大将司马懿采取的是防守反击战术，从场面上，当然是诸葛亮的全线压上的攻势足球好看。大举进攻有时候也是一种防守，也许诸葛亮内心深处根本就知道，只有以攻代守，才可能挡住来自北方的威胁。进攻严重消耗了国力，但是正是因为积极的进攻，使得强悍的曹魏不敢再次贸然南下。想当年，曹操给孙权写信，称自己南下只是想到江东打猎，口气之狂妄，气焰之嚣张，对南方的轻视到了骇人听闻的地步。三国时的南北较量之所以打成平手，形成鼎足之势，重要的原因还是蜀汉和孙吴的联合，共同对付北方。北方之所以能够屡屡占着上风，是因为相形之下，一方面，南方人的确不如北方人善于作战，另一方面，南方人也更容易沉溺于安逸，更容易不思进取。在统一的年代里，南方一向比较太平，比较便于管理，南方对北方的服从也是习惯成自然。

　　在来自北方的威胁中，蒙古人最厉害，成吉思汗最辉煌的时候，曾把掠夺到的地盘分给了自己的四个儿子，也就是史称的四大汗国，即钦察汗国，在里海以北，西至多瑙河；察合台汗国，天山附近，锡尔河流域；窝阔台汗国，阿尔泰山一带，至巴尔喀什湖；伊儿汗国，波斯及小亚细亚，西到地中海。对于历史地理学家来说，把成吉思汗帝国的版图描述清楚，几乎是件不可能的事情，蒙古人成为一股随处乱窜的祸水，流到什么地方，什么地方就遭殃。东至黄河，西到多瑙河，北到北极圈，南到越南，只要战马能够到达，蒙古铁骑就可能在那里驰骋。马上得天下的蒙古人把世界变成了一个狩猎场，他们到处征服，马不停蹄，以至后人想不明白，贪得无厌的蒙古人要那么多地盘有什么用。

蒙古帝国的版图是一笔糊涂账，大约后来一再受列强欺负的缘故，中国人不缺乏贪天之功之辈，把这些地盘都记在自己的账上。根据这种想当然的账簿，什么俄罗斯，什么中西亚，还有越南，还有不丹，当年都是我们的一部分。谁说我们不行，想想元朝那阵，咱中国人多露脸。这种似是而非的观点，真是地道的狐假虎威，情形就仿佛第二次世界大战期间，日本人用武力拿下了南洋，汉奸上大街庆祝大东亚共荣圈，然后对东南亚的居民说，从此你们就是我们的一样。奴才似的自欺欺人最惹人生气，不能因为比别人早当了几天亡国奴，就忽然以为自己也成了主子。根据同样的逻辑，俄罗斯人和中西亚被蒙古人所征服，在时间上比灭宋更早，因此人家似乎更有资格说，你们中国是我们的。根据元朝的阶级划分，蒙古人为第一等人，色目人，无论是蓝眼睛的俄罗斯人，还是棕色眼睛的契丹人和突厥人，为第二等，第三等为北方的汉人，其中还包括朝鲜人，而南方汉人最惨，是四等公民。

<h2 style="text-align:center">五</h2>

平心而论，蒙古人建立的元朝，在地理位置上，主要是巩固东进和南下获得的地盘，审视元朝的地图不难发现，起源于鄂嫩河流域的成吉思汗家族，在元朝时已经分裂，西征获得大片版图与元朝并没有什么关系。元朝是中国历史的一部分，其他蒙古人统治的汗国则不是。传统的大中国地图总是东西长于南北，可是在元朝，南北之间的距离，远远超过了东西。元朝牢牢掌握的区域，实际上是当年金的版图，加上西夏、吐蕃、大理和南宋，以及一部分的西辽。毫无疑问，和蒙古帝国的其他汗国相比，元朝之所以强大，和它接受汉化有关。在军事上，蒙古人永远是胜利者，然而在文化上，却不能不承认自己失败了，而这种失败又促进了蒙古人的文明。

朱元璋北伐时，喊过一个极动人的口号，就是"驱逐胡虏，恢复中华"，三十年河东，三十年河西，对立已久的汉人与非汉人之间的矛盾，经过一百年的冲突，终于激化到了不可调和的地步。可是，明朝不过是获得了元朝的一半地盘，蒙古人不过把原来属于别人的领土完璧归赵，重新还给别人。来自北方的威胁并没有真正解决，中国又一次处于南北对峙状态。这种状态也是中国的常态，各民族之间的矛盾是历史中的一种客观存在。词义学上也能发现这种矛盾，汉人说别人瞎说，叫作"胡说""胡扯"，这自然是一种民族歧视。我们今天说一个男人有骨气，就说他是条汉子，可是南北朝时，"何物汉子"却是一句骂人的话。北方汉人在元朝时属于第三等人，因此朱元璋的北伐，大有第三等人闹革命的意思。

其实汉人是一个非常模糊的概念，而说到汉族，更是一部二十四史，不知从何说起。汉族作为一个民族，更多的是象征意义，据说最早出现"汉族"两个字，是在太平天国时期，可见这种流行的说法并没有太深的历史背景。著名的历史学家吕思勉先生认为："汉族之名，起于刘邦称帝之后。"这种观点很难服人，因为汉人和汉族并不能等同，就像不能简单地说美国人就是美国民族一样。汉人在最初只是代表了一个国家一个朝代的人，在这一点上，说汉人就像今天多民族的美国人倒是十分合适。秦汉首先是一个国家的代表，其次才代表民族。汉民族是一个巨大的混血儿，今天说一个人是杂种，多少有些骂人的意思，但是往前看，也没什么稀罕。民族学家认为，汉民族的两大主源是炎黄和东夷，它的支源却包括了苗蛮、百越、戎狄等等。我们说盘古开天地，这盘古就是苗蛮，传说中女娲也是。

陈寅恪先生治唐史，对李姓皇帝的血统进行分析，得出唐宗室并非出自"夷狄"的结论。这一结论的有趣性就在于，陈寅恪虽然掌握有力证据，仍然说自己只是假说。认为唐宗室血统与胡族混杂，并不是凭空乱说，如刘盼遂就认为李唐一族原出于夷狄。日本学者金井之中，专门写了《李唐源流出于夷狄考》，也认定李氏不是汉族。在三十年代，正是救国存亡之际，这一问题的探讨，有着不同寻常的政治意义，一些学者特别强调唐室的汉族身份，如朱希祖就说：

> 若依此等说，则自李唐以来，惟最弱之宋，尚未有疑为外族者，其余若唐、若明，皆与元、清同为外族入居中夏，中夏之人，久无建国能力，何堪承袭疆土，循其结果，暗示国人力量退婴，明招强敌无力进取。

陈寅恪和朱希祖的观点并不一致，朱认为唐室出于陇西望族，陈认为英雄不论出身低，李唐先世虽为汉族，但更可能是

"破落户"或"冒牌货"。问题的关键在于,朱强调唐是正宗的汉室,是汉族世家子弟,他眼里的中国是汉族一族的中国,而陈却觉得中国是个混血儿,是各民族融合的产物。换句话说,陈寅恪觉得李唐是不是什么胡人,是不是陇西大族,并没有多大的了不得。作为历史学家,陈寅恪认为李唐是汉人只是假说,不能确定,就像出自夷狄没有确证一样,究竟如何,要靠新的历史资料研究和分析才能得出,所谓"有误必改,无证不从",而李唐不出于陇西望族则是可以证明的。

在唐时,汉人和非汉人之间,并非像后人想象的那样,有一道不可逾越的鸿沟。无论汉化还是胡化,在某种意义上来说,都是很自然的事情。陈寅恪在李唐渊源研究中,还得出了一个令世人震惊的结论,这就是诗仙李白很可能为"西域胡人"。李白自称其"先世于隋末谪居西突厥旧疆之内",绝对是一件不可能的事情,因为从来就没有把犯人流放到外国去的道理。有人进一步地发挥了陈寅恪的观点:

> 意者白之家世或本为胡商,入蜀之后,以多赀渐成豪族。而白幼年教育,则中西各文兼而有之,如此于其胡姓之中,又加之以诗书及道家言,乃造成白诗豪放飘

　　逸之风格，李诗之所以不可学者，其在斯乎？

　　是汉人是胡人，在唐朝大约真不是什么事。唐之后有元朝、清朝，这两个由非汉人建立的封建王朝，大大地伤了汉人的自尊心。小时候读《木兰诗》，"昨夜见军帖，可汗大点兵"，心里一直犯嘀咕，可汗是胡人的君王，这花木兰岂不成了汉奸，而"将军百战死，壮士十年归"，屠杀的都是咱中国人。我的错误在于只认汉人是中国人，或者说只知道汉人掌权的朝代，这是个很天真幼稚的想法，其实只要对中国历史稍有了解，就知道汉人的掌权，至多是和少数民族打成平手。分析各个朝代的地图，也不难发现，今日中国的版图上，大片的土地总是由少数民族控制，其中最具有戏剧性的是中原一带，来自北方的少数民族，走马换将似的从北方或东北，一批接一批地南下，轮流坐庄，匈奴、鲜卑、契丹、金兵、蒙古人、清军，多得数不清楚。

　　今日的南京，只是明朝的南京。中国历史上有好几个"南京"，有的是逃跑时的迁都，如今日的成都曾做过唐朝的南京，今日的商丘做过北宋的南京，有的却是一种进取，譬如少数民族政权的"南京"，是南下的新都，今日的北京是当年辽国的南京，今日的郑州又是当年金国的南京。唐后期渤海国的南京竟然在今天的朝鲜境内。把国都建在什么地方，从来就是一件很讲究的事情，北魏孝文帝想迁都洛阳，便对他的大臣说，鲜卑人起自漠南，徙居平城，这里出军马出战士，宜于用武，却不适合文治，欲与江南对峙，想长治久安，就不能不借助中原，迁都洛阳。据说北魏迁都，所带领的人口将近百万，而此次迁都的重大意义，是鲜卑人大规模的汉化。他们脱下鲜卑装，改穿汉装，不再讲鲜卑话，改说洛阳腔，还觉得不彻底，索性改鲜卑姓为汉姓，皇室原姓拓跋，改姓元。

鲜卑族与汉人的通婚得到了鼓励，孝文帝自己就广收汉妃，他的五个弟弟也分别把原有的老婆变成妾，堂而皇之地娶汉女为正妻。皇室带了头，民间也就乐意效仿。在当时，鲜卑人继续作鲜卑人打扮，就是违抗朝廷的命令。史书上曾记载，有一名妇女违令，被孝文帝发现，立刻训斥手下，责怪他督察不力。彻底的汉化让我们今天已再见不到一个鲜卑人，鲜卑人不仅成了中华民族的一分子，而且也成了汉族的一部分。结束南北朝的隋文帝杨坚，他的老婆是鲜卑贵族，女儿是北周宣帝的皇后，他以老丈人的身份将北周的江山据为己有，变鲜卑人一百多年的天下为汉人的天下，鲜卑贵族和老百姓都无所谓，由此可见当时汉化程度有多厉害。

六

上海人的合成，是解剖汉族人的一个标本，作为一个移民城市，上海的人口来自全国各地，人口的流动，造成上海人身上更多的中国人的聪明，也更多中国人的小毛病。混血儿有许多优势，同样为中国人，山东人的豪爽朴直，也和它历史上的大移民有关。据史料记载，北宋时，辽金先后入主中原，今日的北京成了金朝的都城，大量的女真人和其他少数民族迁入山东，这些移民的迁入，很快造成了当地的胡化。少数民族汉化的时候，胡化往往也同时发生。山东曾是多战之地，据葛剑雄主编的《中国移民史》的统计，在五胡十六国时，从山东逃往江南的大户人家成千上万，而所谓的士家大族，更是一走了之，像以王导为首的琅琊临沂的王氏，以颜含为首的颜氏，以卞壶为首的济阴冤句的卞氏，以羊曼为首的泰山南城的羊氏。战乱本身就造成了人口骤减，南迁使得原住民的数量更是雪上添霜，其结果便是新移民的大量进入。

毫无疑问，山东人的豪爽和历史上的胡化有很大的关系，而山东人的朴直，又与山西移民有关。资料显示，明洪武年间，大规模移民迁入山东，山东接纳移民达一百八十万人，其中山西籍人口竟然达一百二十万，占了百分之六十七。一方水土养一方人，这只是事物的一个方面，另一方面，不同的移民必定带来新的不同风气。无论汉化，还是胡化，从进化的角度来说，都是一件大好事。拒绝交流的民族注定不会有大出息，现代美国人的成功，很大程度上归功于各种文化的交流。一个民族是否繁荣，和交流有关，同样，艺术的各个门类是否成功，也和交流密切相关。

雍正做皇帝的时候，来自欧洲的使者，曾进贡几位金发碧眼的西方美女。据说雍正对这几位异域女子非常动心，很想纳入后宫开开洋荤，但是在大臣的劝阻下，毅然将到手的美人退了回去。在中国的北方，汉胡通婚本是经常的事情，唯独满人似乎害怕自己像鲜卑那样，因为汉化而完全消亡，结果尽管他们在其他地方都汉化了，独独在血统上，还保持着所谓的纯洁。纯洁并不是什么好事，满族皇室近亲结婚的直接恶果是人种退化，清兵刚入关时何等的强壮，到了清后期，连续三朝皇帝没有子嗣。

清朝在中国大历史上，有不同寻常的地位，康乾盛世与文景之治和贞观之治相比，并没有什么逊色的地方。对于老百姓来说，面对没完没了的战争、分裂、饥馑、洪涝和大旱，一次又一次地逃难，流离失所，赶上康熙和乾隆做皇帝，还真是难得的好日子。作为过渡性的人物，雍正既不如父亲康熙，也不如儿子乾隆，但毕竟是清朝将近一百年繁荣的关键人物，起着承前启后的作用。然而，雍正拒绝西方美女的背后，还隐藏着一个重要主题，这就是对西方的拒绝，即所谓的给今后带来严重恶果的闭关锁国。也许，大清朝过于自高自大，觉得当时的西方并没有什么了不起，不值得仿效。也许，已经意识到西方可能会有的威胁，涓流虽寡，浸成江河，爝火虽微，卒能燎原，不如防微杜渐，将危险排除在萌芽状态。在一场著名的文字狱中，针对吕留良称清为夷一说，雍正亲自书写了《大义觉迷录》予以批驳：

> 今逆贼等于天下一统，华夏一家之时，而妄判中外，谬生忿戾，岂非逆天悖理，无父无君，蜂蚁不若之异类乎？

以皇帝之尊，对一个死人大加讨伐，剉尸枭示，还喋喋不休辩个没完，这恐怕是有史以来的第一次。雍正大约很在乎别人把他说成是"夷"，清兵入关，军事上已经彻底灭了汉人的威风，然而心灵深处，却没办法让汉人真正屈服。作为少数民族统治中国，满人并不是第一个，对于汉族的自大、排斥、阿Q的精神胜利法，雍正很自然会产生一种有理说不清的孤独感和委屈。"夷"是一个很忌讳的词，一方面，清皇帝也把自己看成是古老中国的一部分，是华夏的一个民族，为了更好地统治这个国家，雍正急着要做的是消除民族之间的人为隔阂，另一方面，毕竟是以少数统治多数，不得不有很强的戒备心理，其大兴文字狱的基础也就在此。事实胜于雄辩，雍正觉得自己显然是占着理的，得理岂能饶人，他振振有词地说：

> 且自古中国一统之世，幅员不能广远，其中有不向化者，则斥之为夷狄。如三代以上之有苗、荆楚、猃狁，即今湖南、湖北、山西之地也，在今日而目为夷狄可乎？至于汉唐宋全盛之时，北狄、西戎世为边患，从未能臣服，而有其地，是以有此疆彼界之分。自我朝入主中土，君临天下，并蒙古极边诸部落俱归版图，是中国之疆土开拓广远，乃中国之臣民大幸，何得尚有华夷中外之分论哉？

真不能说这话全错了，可惜，清朝皇帝从怕别人说自己是夷，很快发展到也说别人是夷，从怕别人鄙视，发展到自己忍不住也要鄙视。在汉唐时代，丝绸之路是畅通的，中国的帝王敢于和西方对话，到了清朝，闭关锁国代替了对话，中华帝国的优势开始逐渐丧失，康乾盛世转眼即逝。就像万里长城阻挡不住北方民族入侵一样，将夷拒之国门之外的企图也注定行不通，最初只是志在通商的洋人，很快从"贪利"进逼到了要求"割地赔款"，帝国主义的洋枪洋炮让清政府脸面丢尽，一个接一个不平等条约被迫签订。雍正引以为自豪的"开拓广远"的中国疆土，在他的子孙手里，大片大片地被割让，譬如沙俄政府就鲸吞了中国领土一百多万平方公里，面积相当于十个江苏省，或者相当于法国英国再加上意大利。清政府在开拓边疆上，有着不可磨灭的功勋，然而也还是它，不当回事地就丢失了中国四分之一的沿海线，当初大约也没有意识到海岸会有多大的经济前景，会成为改革开放的前沿。清朝丢失了巨大的库页岛，它的面积足有三个台湾那么大。

七

或许我对中国历史地图的兴趣，一开始只是为了寻找那些已失去的领土。读中学的时候，我第一次开始有意识地比较不同时期的地图，用红蓝铅笔在地图册上做着记号，我的脑子里当时并没有什么大历史概念，只是顽固地记住一些数据，被沙俄夺取的领土有多大，独立出去的蒙古有多大。这是一个小孩子的耿耿于怀，当时还坚信有一天会收复失地。"男儿志兮天下事，但有进兮不有止"，现在回想起来，真觉得有点可笑。

任何民族任何朝代，都有盛有衰，从大历史的角度看，什么事情皆可以找到合理的解释。强盛时武功文治，开拓边疆，衰败时丧权辱国，割让领土。有能耐，欺负别人，没能耐，被别人欺负，换一句流行的话，便是落后就要挨打，越落后越吃亏。耿耿于怀没有任何意义，哪个民族都有盛衰，不妨想象盛唐时的情景，这是华夏子孙最容易引以自豪的年代，以当时的国都长安为起点，东至大海，南到五岭，到处一派繁荣景象，百姓夜不闭户，犯罪率极低。商业兴旺发达，出门旅行也用不着自备粮食，什么地方都可以花很少的钱买到。唐太宗介绍自己成功的秘诀，曾说：

> 自古帝王虽平定中原，不能服戎狄。朕才不逮古人，而成功则过之。所以能及此者，自古皆贵中华，贱夷狄，朕独爱之如一，故其种落皆依朕如父母。

唐朝爱用番将，说明当时不存在什么民族歧视。虽然安史之乱成了盛唐的转折，渔阳鼙鼓动地来，但是把走向衰弱的责任，推在安禄山、史思明这些"营州突厥杂种胡"身上，并没有说服力。盛唐的繁荣富强和开放的政策紧密相连，没有民族和解，不消除民族隔阂，一个强盛的中国必定是纸上谈兵。在中国的大历史上，没有一个朝代的开放程度能与唐朝相比，关于盛唐的书有很多种，黄仁宇《赫逊河畔谈中国历史》从外国人的著作中，转引了一段很形象的描述：

> 长安不仅是一个传教的地方，并且是一个有国际性格的都会，内中叙利亚人、阿拉伯人、波斯人、鞑靼人、西藏人、朝鲜人、日本人、安南人和其他种族与信仰不同的人都能在此和衷共处，这与当日欧洲因人种及宗教而发生凶狠的争端相较，成为一个显然的对照。

盛唐成了所有中国人向往的年代，在七世纪，华夏子孙走在世界文明的前列，此时的欧洲，正处在所谓中世纪的黑暗年代，而日后给中国造成许多麻烦的强邻日本，还处在蒙昧状态。唐帝国成为地道的超级大国，雍正所说的在清之前，边患问题始终没解决，夷狄"从未能臣服"，显然不是事实。检阅中国的历史，凡是胡汉问题解决好的年代，都意味着老百姓有太平日子过，反过来，便意味着国家分裂，战火连绵，民不聊生。一个国家想兴旺发达，天时地利人和，缺一不可。

概括起来说，中国的发展不外乎两个根本原因，一是汉文化的凝聚力，汉字写成经典著作，成为华夏各族治国平天下的指导思想，有了这样的指导思想，入主中原的少数民族会心甘情愿地汉化，汉化显然是一种进步，而中国这个雪球也就因此越滚越大。另一个原因是不断地胡化，即与汉文化之外的文化交流，这种交流不只是赵武灵王的"胡服骑射"，更重要的是变西方的文明为中国的文明，例如佛教对中国的影响，这是中国历史上第一次大规模的西化，在南北朝时期，中国虽然处于分裂状态，南北各由汉室和少数民族把持，却自上而下地同时接受了佛教。佛教在中国深入人心，千百年来，除了无数的寺庙和修行的和尚之外，还牢牢植根于中国文人的思想里。

中国知识阶层擅长以汉化的形式来胡化，换句话说，经过改良的佛教已经不再原汁原味。近代的西风渐进，是又一次大规模的胡化，既有文明传教的方式，也有八国联军似的野蛮入侵，不管怎么说，这次大规模的西化运动直接促进了中国的现代化进程。愿意也好，不愿意也好，中国注定摆脱不了来自西方的影响，从天赋人权的资产阶级民主思想，到十月革命一声炮响，送来了马克思列宁主义，东西文化交流碰撞，才造成了今天这样的局面。历史的进程阻挡不了，但是统治者策略上的错误，会延缓历史的进步，或者造成历史的倒退。时至今日，地球已经被描述成一个巨大的村庄，这个提法很浪漫。从历史地理的角度看，背靠欧亚大陆，面对太平洋的中国，在很长的时间内，并没有遇到过来自海外的威胁。大海是中华民族与外隔绝的天然屏障，元灭宋，清灭明，通常都要追到海边，才算把事情真正做完。中国以往的发展和进步，与来自北方或者西北的威胁密切相关，从鸦片战争开始，华夏子孙突然发现来自大海的敌人，倚仗着船坚炮利，变得更危险，更具有挑战性。这不一定全是坏事，一个民族只有在危险和挑战面前，才能获得真正的机遇。危险和挑战可以成为促进自我完善的兴奋剂。

雍正做皇帝的时候，一个有皇族血统的亲王突然对基督有了浓厚的兴趣，与皇上依依不舍打发金发碧眼的洋人美妞一样，亲王很为难地将小老婆统统打发了，因为根据教义必须是一夫一妻制。这并不是件容易的事情，妻妾成群是中国成功男人的一个标志，打发小老婆在具体操作方面，会遇到许多问题。然而这毕竟还是次要，更严重的是亲王自甘堕落地成为一名异教徒。是可忍，孰不可忍。于是内务府做出一项严厉的决定，将已身亡的亲王尸骨掘出焚烧，超过十五岁的亲王后代一律处死。对皇亲国戚做如此重的判决，今天听起来，真有些骇人听闻，而骇人听闻的事在中国大历史上并不少见。

二〇〇〇年七月六日　河西碧树园